Lon

A Broccolo,
luce della
mia vita,
che sa
soffrire gli
altri.

Prima edizione maggio 2010
ISBN 978-0-9565620-1-2
Progetto grafico e impaginazione: www.mekkanografici.com

www.viverealtrimenti.com

Manuel Olivares

Un giardino dell'Eden

A Smriti

Parte prima

Benvenuti in una storia che inizia in un modo banalmente post-moderno:

un pollice che digita un pulsante su un cellulare dozzinale, a chiusura di conversazione.

Nulla di male se a chiudersi fosse solo una chiacchierata serale.

Lo scenario è quello di un giardino sterposo, dove è bene stare attenti a dove si mettono i piedi se non si vuole portare in casa, un'unifamiliare sbilenca e semi-abusiva, la cacca di quattro cani.

Il cellulare è ora nella tasca di un pantaloncino estivo che raggiunge una stanza con un letto rasoterra e libri a stipare tutto lo stipabile.

Il pantaloncino contiene un ragazzo robusto, di altezza media, scuro di carnagione e barbulento.

Il ragazzo si lascia cadere sul letto.

Cominciamo da qui:

"Eh, si ricomincia tutto daccapo, un'altra volta", sospira.

Un'altra storia d'amore è giunta al capolinea; la quinta, in trentacinque anni di vita grosso modo agiata e vagamente tumultuosa.

Siddharta — i suoi amici gli hanno affibbiato un soprannome un po' abusato e forse impegnativo dopo aver letto, a turno, il celebre romanzo di Hermann Hesse — è stato iniziato oggi al *Sahaja yoga* ed ha la *Kundalini* che corre libera nelle sue *nadi*.

Di lui posso iniziare a dire che, quasi del tutto digiuno di senso pragmatico della vita, tenti rocambolescamente di rifarsi coltivando una vaga propensione mistica.

Figlio della *New Age*, di cui ha respirato in famiglia le autentiche suggestioni dei primordi e le più recenti cadute becere, ha millantato troppe volte una dubbia tensione a vivere semplicemente qui ed ora, avvolto in un'aura di "sdrammatizzata buddità".

I suoi genitori, fanatici *hippies*, lo sottoposero ad un temerario svezzamento macrobiotico e a fumenti di incensi quasi oltre ogni umana tollerabilità.

Le conseguenze sul suo corpo sono, ancora oggi, un intestino fortemente indebolito ed una leggera allergia agli odori speziati.

Forse in ragione di questi suoi limiti fisici, Siddharta non è mai stato un lavoratore indefesso.

La sua mente è un groviglio di desideri contrastanti per cui, da anni, si affida fiducioso a quotidiane sedute di meditazione. Tuttavia, maldestro quasi come Will Coyote o Lupo de Lupis, la sua ricerca di "mente vuota" approda solo di rado a qualche fragile risultato.

Siddharta studia lingue orientali e sta cercando di specializzarsi in sanscrito.

Ha avuto la sua brava esperienza in India, alcuni anni or sono da cui sostiene di essere stato cambiato.

Al momento vagabonda da alcuni mesi senza avere un posto fisso dove stare ma, a suo modo, è un signore.

Fuma sigari cubani — *Romeo y Juliette* di preferenza — e tabacchi a volte costosi ed ogni tanto stappa una bottiglia di buon vino, sfiorando stati paciosi ed ondeggiando in spirali di, provvisoria, quiete.

Camelia — con cui il nostro ha appena concluso un'intensa relazione — lavora in una bottega del Mercato Equo e Solidale.

Ha l'ossessione del volontariato ed ama permettersi ancora il lusso di sognare la rivoluzione.

La sua mente è un altro groviglio di desideri contrastanti — addirittura peggiore di quello di Siddharta — che cerca invano di dirimere con una macedonia di pratiche "spirituali".

Camelia si è laureata in lettere con una tesi sul campo nel

Chokò, in Colombia, in cui ha elencato le articolate, pressoché irrimediabili problematiche dei nativi.

Il suo rigore etico ed il legittimismo esasperato, inquadrati in una gravosa quanto nevrotica retorica del mondo migliore, hanno curvato troppe volte le spalle robuste ma sostanzialmente fragili dell'epicureo Siddharta. Qualunque essere senziente, dopo una frequentazione sufficientemente approfondita, avrebbe concluso che, tra loro due, non poteva proprio andare.

Lui, d'altro canto, nutre un'autentica venerazione per le gambette solide di lei, allenate a camminare lungamente per non dilatare il buco nell'ozono, per il seno prosperoso e la pelle liscia e setosa, quasi non abbia avuto modo di sciuparsi nell'andirivieni bizzoso delle vicende umane.

Siddharta a suo modo è un edonista, a metà strada tra una tensione borghese e ragionevolmente consumista ed una *bohémienne* e fricchettona.

Camelia vede nei soldi, anche se pochi, la corruzione del mondo, non concepisce altro all'infuori di un'austerità militante ma, malgrado tutto, lei e Siddharta si sono amati molto.

La loro relazione è iniziata una sera ed una notte trascorsa abbracciati.

Camelia, la mattina, aveva schiuso gli occhioni, rivelando il suo sguardo cerbiatto e celeste e Siddharta, già sveglio, aveva ceduto al suo fascino di piccola strega.

È passato più di un anno, in cui i giorni si sono susseguiti in una convivenza inconsueta, tra una quiete placida ed estatica e la tempesta.

La separazione è stata paventata molte volte, fino al precipitare ultimo degli eventi.

Siddharta vive di qualche traduzione (conosce bene l'inglese e il francese) ma soprattutto della rendita di una vecchia casa.

In principio aveva scelto la vita in un piccolo borgo, affittando il suo appartamento di Roma.

Molte volte aveva manifestato un odio profondo per la

città, per i suoi spietati bombardamenti sensoriali.

Siddharta si versa un calice amaro: un Montepulciano di periferia.

Pensa tra sé: «mi piacerebbe poter invocare un padre e chiedergli: allontana da me questa fetecchia di vino» ma me lo devo trangugiare tutto.

Il dolore ha svuotato il suo petto e reso insensibile il suo stomaco.

In questi giorni è ospite da amici, nella casa di giardino sterposo, una coppia con molti cani ed un lavoro splendidamente banale.

Resta solo la notte. I suoi ospiti, Goffredo e Susanna, vanno a letto di buon ora.

Si avvinghia al calice amaro, inutile.

«Camelia, Camelia, quale fiume ti prenderà e ti porterà con sé e dove?» gioca a fare il poeta.

Ricorda quando lei si presentava nella sua micro-mansarda, nel borgo medievale, con i limoni, per prepararsi una tisana per la sinusite.

Ricorda nitidamente quando giunse — alquanto repentino, in verità — il momento che la agguantò mentre, di spalle, versava la tisana nella tazza, rovesciandola con virilità divertita sul letto.

Era tutto lì nella mansarda: angolo cottura, divano-letto perennemente aperto, il letto sempre fatto ed avevano iniziato a baciarsi.

La lingua di lei era avida e corposa mentre nelle sue mani indugiava ancora il sacco di limoni.

Lui lo scaraventò in un angolo perché la voleva tutta, senza "appendici".

Ora intuisce una voragine innanzi a sé; ha sofferto molto in passato e trascorso lunghe giornate sul divano graffiato dal gatto, stordendosi di fumo ed almanaccando sulla sua inadeguatezza.

Avrebbe voluto dei figli da lei e vivere insieme. Appartati.

Scrivendo. Leggendo. Facendo marmellate. Praticando il *dharma* senza vagabondare troppo.

Avrebbe voluto fermarsi. Vivere come in un lungo interminabile respiro, senza intermittenze, una vita continua con la placida regolarità di un *mantra*, dove riposare la mente e vivere fino in fondo nel corpo ed entrare dentro di lei come in un sacrario senza pompa, un giardino-paradiso e perdersi come un bambino o, meglio, "un Adamo preservato dalla caduta", nel suo giardino dell'Eden.

Ricorda il sesso odoroso della sua ormai "trascorsa" compagna che, a volte, sapeva spudoratamente di pipì.

Brutto ripensarci, sapere che presto potrebbe esserci il naso di un altro su quei peli un po' impastati o tra la carne delle sue grandi labbra inumidite.

Siddharta vorrebbe fumare qualcosa di "ricreativo" ma sa che non è una soluzione, che in realtà non può esserci soluzione.

Non c'è niente di peggio che star male e non aver fiducia in nessun palliativo.

Siddharta sa di dover vivere questo momento tentando di essere all'altezza del suo nome, trangugiare il Montepulciano come ogni amareggiato che si rispetti dimenticando l'olio dei massaggi di Camelia.

Lasciamo che Siddharta trovi la pace nel sonno e frughiamo nella sua memoria. Apriamo lo scrigno del suo ultimo anno e piombiamo a Roma, in una manifestazione per la pace.

Siddharta, con Camelia ed un amico inglese, Peter, cammina senza particolari coinvolgimenti emotivi; non è lì per la pace.

Certamente è un non-violento ma non crede alle manife stazioni.

Non crede nell'uomo o, meglio, crede che gli uomini, per dirla con Bukowski, "non sono abbastanza grandi per le loro idee".

«Lo troviamo dunque la sera che dice a Camelia: la gente viene qui, si fa un giorno di vacanza, si cala nella folla colorata, dà sfogo ai suoi gas ideali; manifestare è come fare una lunga, sostanziosa, scoreggia!»

Non è il modo più romantico per iniziare una storia.

La genialità di Siddharta, del resto, sta proprio nel riuscire a dire porcherie del genere con un insolito carisma e Camelia ci casca diritta, con i suoi pantaloni stinti da troppe lavate e le calze di lana fatte all'uncinetto dalla nonna.

Strimpellano da un palco.

I pacifisti fanno la loro parte, sembra siano lì solo per loro.

Peter si è appartato a fare pipì e Camelia prende il viso di Siddharta tra le mani.

È del tutto risoluta e non reprime la voglia di un bacio articolato.

«È iniziata, non è iniziata?» si chiede Siddharta mentalissimo alludendo, naturalmente, ad una storia d'amore.

Nulla accade di significativo fino al giorno dopo, quando si ritrovano a *new-aggiare* in un casale di campagna.

È una festa con pretese di misticismo di nativi americani con tanto di "moderata mascherata" con piume di piccione — e dove tutti debbono suonare, liberamente, un tamburo.

Non manca, naturalmente, chi si immedesima più del dovuto, crede di essere in procinto di vivere qualche stato alterato di coscienza, sentendosi legittimato a sbraitare, ad accennare timidi ululati da possessione pseudosciamanica, a regredire ad animale totemico; è uno spettacolo semplicemente pietoso!

Sono tutti cittadini fottuti da smog, alienazione, incomprensioni in casa e sul posto di lavoro che però, in questo momento, si sentono indiani Lakota fatti e finiti.

Fatti soprattutto.

Completata la cerimonia trash sono tutti attorno al fuoco, contemplano il guizzare delle fiamme e, ostentando modi compresi e compassati, si svoltolano in orride, monotematiche ovvietà. È sempre "la tempestosa ricerca di se stessi" al centro delle conversazioni, in questi contesti, la cosa di cui si dovrebbe meno parlare o, peggio, data spesso l'ignoranza crassa, sproloquiare. Svariate canne girano tra i presenti mentre qualcuno controlla di avere a posto le piume e non può pensare che, l'indomani, sarà di nuovo sul posto di lavoro, a fare idiozie in una città assassina!

Siddharta non perde tempo. Infila la lingua nella bocca di Camelia e mentalizza ogni attimo, inesorabile.

Il THC scorre tra le sue sinapsi come avrebbero dovuto scorrere latte e miele nella terra promessa.

«Andiamo a casa!», dice a Camelia e Peter.

«Sì, si è fatto tardi», rispondono quasi in coro.

Siddharta fa un giro di saluti.

Peter e Camelia, intanto, danzano al suono degli ultimi tamburi.

Camelia è armonica nei movimenti e Siddharta, guardandola vago, pensa tra sé: non l'avrò mai tutta per me questa donna pur sapendo, nel suo delirio erboso, che nessuno gliela insidierà, questa notte.

Infatti poco dopo sono nel letto insieme, in una seconda casa dei genitori di lui.

Peter dorme al piano di sotto.

Siddharta, tra le lenzuola un po' muffite, le palpa il seno prosperoso.

Il capezzolo è turgido e lui lo succhia avidamente.

Scende poi con la mano nelle parti basse ed il sesso è pronto ad accogliere il suo dito, che penetra fino a toccare la parte bassa dell'utero.

Lei geme e tutto il suo pudore, in questo momento, svapora.

«Piano» le fa Siddharta, senza sapere che di lì a qualche settimana avrebbero fatto l'amore, abitualmente, nei fienili (e qualcuno di passaggio avrebbe visto basculare il suo bacino tra le sue gambe aperte), nei divani sferraglianti in casa di parenti, al di là di ogni ragionevole discrezione o appena separati, in case di frugalità militante e necessariamente promiscue, da un pannello in legno troppo sottile per celare lo sfrusciare esplicito di lenzuola ancora muffolenti.

Siddharta e Camelia condivideranno un viaggio controverso, sognando poeticamente di camminare lungo il corso dell'utopia.

È un po' di tempo che lui girovaga in cerca di quei posti fascinosi ed un po' folli che un tempo si chiamavano comuni.

Anche Camelia vive un'attrazione quasi maniacale per questi microcosmi marginali, cui è addirittura disposta a sacrificare gli ammortizzatori della sua macchina vecchia e malandata.

Quante volte, difatti, i due si sarebbero trovati a sussultare su strade dissestate, alla volta di casali remoti?!

E Camelia, naturalmente, non riesce a vivere l'esperienza con il dovuto distacco ed uno humour che potrebbe rivelarsi provvidenziale.

«È ideologizzata da fare schifo», direbbe a questo punto Siddharta in uno squarcio di lucidità metamontepulcianosa se non stesse dormendo sfatto, su di un *futon* disfatto, come ogni fuoriuscito da una storia che si rispetti e non cada clamorosamente nel patetico.

Cosa cercano loro nelle comuni? Bèh, Siddharta non ha le idee chiare quasi su nulla, dunque non sa cosa chiedere a fenomeni che considera, ad un tempo, piccole utopie realizzate e micro-istituzioni totali.

Piccolo principe del disincanto, si limita, come ha detto più volte ai suoi amici, «a portare le sue chiappe» lì e magari accendere un *chiloom* di fronte ad un camino guizzante.

Camelia ha le idee, naturalmente, meno confuse; chiede alle comuni la Gerusalemme terrena, l'anarchia fatta micro-realtà, la rivoluzione delegittimante.

Con aspettative ed attitudini diverse decidono comunque, un giorno, di partire e raggiungere Betania, in bassa montagna.

Betania è una comune proto-cristiana e prende il nome dalla cittadina dove viveva il miracolato Lazzaro.

A Betania viveva anche Maria Maddalena, sorella di Lazzaro e nella loro casa Gesù si andava a rilassare con i suoi, tra un miracolo, una predicazione ed un casino che combinava con i legittimisti del suo tempo.

Siddharta ama Gesù semplicemente perché andava all'essenza delle cose.

Sì, Siddharta a suo modo è molto spirituale. Non crede nell'uomo e neanche in Dio; crede semplicemente che bisogna innalzarsi al di sopra delle miserie quotidiane e lì vedere cosa accade, scartare la sorpresa fiducioso che superi ogni ragionevole aspettativa.

Camelia vede Gesù come un militante dell'estrema sinistra, totalmente *politically correct*, con le tavolette di cioccolata del Mercato Equo nella tunica ed un pacco di volantini tra le mani.

Camelia sa essere così orrendamente pallosa quando ci si mette!

Siddharta e Camelia nelle comuni, atto primo: Betania

Si mettono in viaggio un giorno, di mattina, con il vecchio scassone di Camelia e arrivano all'ora di pranzo.

Betania si condensa tutta in un grande casale, su circa quattro ettari di terreno collinare, nell'entroterra sabino, in provincia di Rieti.

Appena arrivati trovano galline ed oche ovunque e quattro persone appena.

Non immaginano ancora che l'esperienza a Betania non si limiterà ai due giorni che si sono concessi per questo "primo accesso" e si svilupperà, in un secondo momento, in oltre due mesi di esperienza.

Il casale della comune è stato ristrutturato alla meglio, acquistato con soldi messi assieme faticosamente, suonando in strada e lavorando come braccianti agricoli in terreni vicini.

Il proprietario ha accettato una lunga rateazione, fidandosi dei quindici ragazzi coinvolti nel progetto.

In effetti sono persone che ispirerebbero quasi chiunque con i loro sguardi cristallini, le parole misurate.

Il casale ha un'enorme sala da pranzo arredata con fresca semplicità.

Il fuoco arde nel camino.

Silvana, la ragazza che per prima li accoglie, ha occhi verdi e capelli raccolti a crocchia dietro la nuca come fosse appena uscita da un vaso greco.

Veste una tunica *bordeaux* e non ha pretese di recitare qualunque ruolo.

Ippocrate, il cane maremmano, sonnecchia vicino al camino.

Siddharta, senza alcun convenevolo, sprofonda sfacciatamente in un divano.

Camelia è già agitata; il suo martirizzante superego vuole darsi per forza da fare, essere di aiuto, cooperare senza ulteriori indugi ma non trova alcuno sfogo.

I piatti sono stati da poco lavati, in terra non c'è un filo di polvere; per il suo super-ego non ci sono appigli immediati.

Arriva poco dopo Ulderico, francese di origine, calabrese di adozione.

Si presenta affabile e forzando i lati della bocca verso le orecchie in un raggiante sorriso.

Camelia va subito in brodo di giuggiole; vorrebbe già sproloquiare di fraternità.

Siddharta inizia a rollare una canna e nessuno gli bada.

Pietro e Michele, gemelli, stanno tinteggiando una parete.

La naturalezza del contesto confonde Camelia, che vorrebbe dare una struttura ad una situazione sostanzialmente distesa e scollegata da un qualunque senso che non sia il proprio, in questo preciso momento.

Messa con le spalle al muro, prova ad aprire qualche spiraglio ad una logorrea che sta lievitando inarginabile tra il suo stomaco ed il petto. Comincia: «in quanti vivete qui?».

Silvana: «siamo circa quindici!».

La risposta è dolcemente secca, non vuole essere il prologo ad un'ulteriore discussione.

Camelia sarebbe già pronta a decantare le meraviglie dell'avere tutti i soldi in comune, del vivere splendidamente affraternati da "una scarpa e una ciabatta" (ipotesi che disgusta da sempre l'epicureo Siddharta) ma a Betania si predilige il silenzio quando non occorre parlare.

Siddharta accende il cannone ridacchiando tra sé su come la sobrietà economica e l'anticonsumismo felice, evidentemente valorizzati a Betania, non abbiano, a suo vedere, più valore di una vecchia mutanda.

Nel frattempo Camelia non si lascia sfuggire l'occasione per sentirsi in imbarazzo. Difatti non sa se il fatto che il suo uomo se la fumi beato possa essere o meno cosa gradita nella comune.

Siddharta tira boccate profonde ed espira nel camino. Pensa di passare il testimone ma nessuno accetta e lui finisce per sballarsi in completa solitudine.

A Betania i piatti sono solo di legno, si siede in terra su alcuni cuscini sobriamente lisi, la tavola ha le gambe segate, la zuppa d'orzo fuma sulla stufa a legna.

È una frugalità avvolgente, forse rivoltante!

Siddharta pensa strafatto tra sé: «il vostro cristianesimo delle origini, il vostro collettivismo, la vostra retorica dell'essenzialità mi fanno veramente cagare!».

Alcune mensole ospitano libri disparati, di cucina, erboristeria e non mancano la Bibbia, il Corano, un'antica edizione dei Veda e testi apocrifi e gnostici e d'anarchia e qualche romanzo impegnato.

Ippocrate si alza, ignora i presenti ed esce sull'aia.

Siddharta si sveglia e maledice il Montepulciano di periferia

Siamo di nuovo nella casa di giardino sterposo.

Le pareti bianche riverberano una tenue tinta rosa e la vallata alberata, oltre il precario steccato, risuona di melodiosi risvegli di uccelli.

Siddharta esce dal sonno, che sempre porta conforto al sofferente.

È stato a Betania questa notte ed i volti dei comunardi erano trasfigurati e Camelia mangiava le lasagne da sola, in disparte, ignorandolo spudoratamente.

Inutile dire che le lasagne erano rigorosamente vegetariane.

Siddharta temeva il momento del risveglio, lo scaraventarsi nella sua coscienza della consapevolezza che, tra di loro, è davvero finita.

Sapeva che una forza invisibile lo avrebbe inchiodato al letto ed il primo istinto sarebbe stato ripiombare in un sonno sporco.

Tuttavia, non ci sarebbe stato nulla da fare.

In qualche modo si sarebbe dovuto alzare e tutto sarebbe stato gravoso.

Il *futon* sarebbe rimasto disfatto, la polvere della stanza avrebbe riposato a lungo sul pavimento e lui avrebbe pisciato seduto.

Di lavorare, in una giornata del genere, non se ne parla nemmeno.

Siddharta, senza neanche un caffè, caracolla verso la vecchia Panda scassata che ha in prestito da Susanna.

Inserisce la chiave e parte.

L'unica cosa sensata da fare, infatti, è raggiungere le migliaia di ettari di bosco a circa venti chilometri da casa, appostarsi su un macigno vellutato di muschio secco e, lì, sedere in silenzio.

Il suo cervello è praticamente inerte durante il viaggio.

È uno di quei momenti preziosi per un meditatore, quando la mente entra in protezione perché pensare fa troppo male.

Dalle sue caotiche letture buddiste, Siddharta ha concluso che la fine di un rapporto porta con sé una eco di morte.

Sul Libro Tibetano si racconta che l'anima, poco dopo il decesso, si ostina a rimanere attaccata alla dimensione terrena.

Il più delle volte non ha il coraggio di lasciarsi volare verso la liberazione dal *Samsara*; il ciclo di nascite, morti e rinascite.

Deve difatti attraversare le forche caudine dei suoi lati oscuri.

Incontra demoni, mostri — che molto probabilmente altro non sono che i *suoi* demoni ed i *suoi* mostri — e, terrorizzata, finisce per reintegrarsi in un altro corpo.

Nella sua nuova "tunica di carne" deve ricominciare tutto daccapo: uscire dalla vagina calda della mamma, provare uno spaesamento shockante e poi: le malattie infantili, la scuola, le competizioni con i compagni ma anche l'innocenza, il piacere.

In una parola: la vita, da cui alcuni — asceti o pretesi tali — hanno, in ogni tempo, tentato di fuggire, di restituire tutto al mittente per proiettarsi in un indecifrabile oltre.

«Un autentico rapporto d'amore porta chi vi è coinvolto ad attaccarsi al corpo del *partner* come fosse il proprio», si tortura Siddharta.

Sente che la sua condizione, in questo momento, è simile a quella di un'anima al completo sbaraglio, appena sbalzata fuori del suo guscio somatico.

Nella sua mente turbina una sequenza spietata di immagini, di tanti, disparati momenti trascorsi con Camelia.

Ogni immagine si affaccia alla sua memoria e poi svapora lasciando un vuoto lacerante, uno "strascico di morte".

Le sue spalle sono curvate in avanti, le sue braccia gestiscono il volante per inerzia.

Fuori dal finestrino, il verde dei boschi e qualche castagno secolare lungo la strada confortano, come possono, il suo spirito rattrappito.

Arriva tra antichi faggi, passeggia senza senso.

Siede sul suo macigno preferito, chiude gli occhi, trova un inaspettato silenzio, poi: Camelia.

A quel punto, un fremito vorrebbe farlo precipitare giù dal masso e correre tra gli alberi, allo sbaraglio, per sfuggire un'inquietudine che ha già preso pieno possesso del suo essere ma sa bene che non servirebbe.

Siddharta cerca di lasciar scorrere le immagini, rivede Camelia nel divano-letto della sua mansarda, in mutandine, riassapora il calore, la completezza.

Il suo stomaco si contrae, l'attaccamento non gli dà tregua, non riesce a morire ai ruderi del loro amore.

Siddharta medita quaranta minuti.

Una pace insicura tenta di farsi strada e balsamizzare la sua fatica.

Un picchio intanto trivella, a tratti, un albero.

È un silenzio boschivo, ancestrale.

L'aria entra pura nelle sue narici.

Sembra quasi si insinui tra i vicoli della sua mente, pulendo, purificando ma lo stomaco è ancora vittima di una morsa.

Siddharta smette di meditare.

Scende verso la macchina, è senz'altro più disteso.

Vorrebbe ricontattare Camelia, pensa che in fondo un tenue filo ancora è teso tra di loro ma sa che non è bene cedere a questi momenti; si inizierebbe tutto daccapo, non sarebbe saggio.

Raggiunge la macchina.

Prima di entrare si sofferma sulla sensazione di piccola-grande pietra appesa allo stomaco.

Sulla via del ritorno fa sosta in un antico borgo arroccato, con mattonelle con testi di poesie appese ai muri e la parte alta in totale fatiscenza.

Siddharta si lascia girare per quel posto semidisabitato.

Saluta un'anziana signora seduta fuori della porta, scopre che la parte alta voleva essere comprata da Pierpaolo Pasolini.

Lascia che il silenzio antico del borgo trovi la strada per entrare nel suo animo, poi riporta i suoi passi sul lastricato in discesa.

«Goffredo e Susanna devono aver preparato un bel pranzetto, è sabato e magari ci passiamo un bel pomeriggio a chiacchiere» pensa già disilluso di poter eludere, così, il fantasma di Camelia.

Il fantasma, difatti, lo accompagnerà ancora a lungo, più di quanto avesse previsto e lui fuggirà senza risparmio ma lo troverà nel letto, la sera, ad aspettarlo.

Lo troverà con un tovagliolo al collo al momento di cenare o con un sacchetto di *pop corn* in mano quando le luci si spengono in un cinema e finirà per incontrarlo ancora dall'altra parte del mondo, ai piedi dell'albero che diede ombra a colui che portava il suo stesso nome.

Siddharta finisce in una turgida natura mediterranea

Passano i giorni.

Siddharta riprende a lavorare tentando costantemente di esorcizzare il lutto recente.

Resta ancora un paio di settimane dai santi Goffredo e Susanna.

Nella loro casa, in una stanza che fungeva prima da grande sgabuzzino, ha ammonticchiato temporaneamente le sue cose.

È soprattutto oberato di libri, che teneva in due grandi librerie nel suo amato e odiato appartamento di città.

Con il suo mito di vivere semplicemente nel qui ed ora non ha ancora le idee chiare su dove mettere almeno un paio di radici ed inizia ad avere, come si suol dire, "i suoi anni". Questo non manca di alimentare una sua angoscia sottile, non sempre chiaramente percepibile e, tuttavia, sempre presente nel sangue che scorre nelle sue vene.

Giunge il momento che il richiamo della valigia capiente, comprata apposta per i suoi continui spostamenti, non tollera di essere prorogato ancora. L'urgenza di cambiare contesti e volti e interazioni è oramai pressante, nella sua sostanziale inconsistenza ed inutilità.

Siddharta dunque parte, una mattina.

Goffredo e Susanna non nascondono una certa malinconia, forse frammista ad un pizzico d'invidia, dopo oltre un mese di convivenza e confidenze e chiacchiere alla rinfusa.

Sale su un treno che partirà con una certa flemma.

Resta vicino alla porta, appoggiato su di un sedile reclinabile ed una ragazza sale poco dopo, restando sul limitare del portellone della carrozza in un'ossessiva intimità con il fidanzato.

Si baciano e si ribaciano — baci frenetici, ad intermittenza — e Siddharta, molto presto, non ne può davvero più e s'interroga sull'endemica solitudine dell'uomo, sull'illusione degli attaccamenti e sulla sua vita un po' randagia, sulla sua forse-libertà, sulla sua sorniona disperazione.

Aveva contattato una donna di grande carisma telefonico, una vecchia amica di un vecchio amico, strampalato e geniale.

Lei vive in un *ashram*, nella Valle d'Itria, in Puglia e Siddharta aveva una gran voglia di saggiare un po' il meridione, la sua sensuale suggestione.

Il treno finalmente parte.

Siddharta lascia la mente libera di bradare con le immagini che corrono oltre il finestrino.

Pensa a sé, a come questo suo ultimo mese sia stato pesante, a come sia profondamente sporco ed il suo corpo reclami più rispetto.

Pensa di aver bisogno di purificazione adesso.

Ha bevuto troppo negli ultimi tempi, fumato troppi, suggestivi, tabacchi, mangiato troppa carne.

Il treno, nel frattempo, arriva alla stazione di cambio.

Siddharta recupera il suo *trolley* vissuto e scende.

Vuole subito salire sull'altro treno; vuole andare, andare, andare.

È in preda ad un'inquietudine che conosce troppo bene, che ha visto crescere con il suo corpo, le sue memorie, che tratta come una vecchia, rognosa amica.

Sale subito sull'*Intercity* che lo catapulterà al sud.

Entra in uno scompartimento e trova due uomini.

Uno, il più giovane, sta spargendo olezzo di MC Donald's in tutto l'ambiente, abbboffandosi di hamburger e patatine.

Siddharta e sorella inquietudine vorrebbero subito uscire di lì, cambiare contesto ma qualcosa lo trattiene.

L'altro uomo è anziano, la pelle olivastra, color medio-oriente.

Una serenità indecifrabile emana dalla sua figura nel corso di tutto il viaggio.

Siddharta prende posto, chiude gli occhi e cerca il silenzio di una mente ipertrofica.

Il ragazzo del MC Donald's è munito di cd portatile e cuffiette da cui non trapela una nota.

Il medio-orientale siede semplicemente senza produrre rumori molesti.

Solo di tanto in tanto risponde ad una suoneria morigerata, parlando una lingua del tutto incomprensibile.

In un primo tempo, Siddharta pensa ad uno stretto dialetto meridionale ma si rende presto conto di trovarsi al cospetto di un caucasico, un armeno o simili.

Vorrebbe ritrovare in lui la ieraticità del monte Athos o di qualche confraternita *sufi* e resta ad occhi chiusi percependo il dondolio rasserenante del treno, nell'insolito silenzio dello scompartimento.

Camelia oramai non compare più, repentina, nel momento in cui prova ad avventurarsi al di là degli ordinari occhi aperti.

Il suo pensiero, il suo ricordo si sono ormai diradati.

Sono passati quasi venti giorni dalla sbornia con il Montepulciano di periferia.

Lui ora vorrebbe guardare avanti e, nello stesso tempo, non guardare affatto. Vorrebbe penetrare a fondo la solitudine di quel momento, vedere cosa cela e se reca con sé la famosa sorpresa.

Fa la spola tra uno stato di coscienza e l'altro per tutta la durata del viaggio. In certi momenti sfiora stati parziali di sogno, con la coscienza ancora vigile.

Riesce a far decantare parte di sorella inquietudine con la quale ha una vertenza costantemente aperta.

Fuori sfilano ulivi secolari, spaccati e nodosi.

Il paesaggio inizia ad essere particolarmente suggestivo, i paesi sembrano *far west*. Siddharta arriva alla stazione stabilita con la donna di grande carisma telefonico. Attende lì che lo vengano a prendere, quasi sospeso nell'aria immobile e canicolare. Arriva una macchina-camioncino, si affaccia una giovinetta: «sei tu che devi venire in *ashram?*».

Sale in macchina ed incontra un sorriso di denti minuti e due occhi marrone-scuro, innocenti e vitali.

Alla guida un uomo-bambino, il terzo occhio segnato in giallo e in rosso. Nell'abitacolo c'è odore di *patchouli* e, sul cruscotto, una foto del *guru*, ispiratore dell'*ashram*.

Si parte.

Il paesaggio è avvolgente e gli edifici bianchi rimandano bellamente la luce del sole.

Si entra subito in confidenza.

La ragazza è poco più che ventenne, si chiama Pakti ed è indiana naturalizzata italiana.

L'*ashram* in cui giungeranno con la giusta sollecitudine è shivaita.

Vi si pratica un culto del fuoco arcaico e fascinoso, mentre migliaia di anni di cultura tradizionale indiana aleggiano lì a loro agio.

Giunto in *ashram*, Siddharta ha bisogno del suo tempo per sintonizzarsi.

Compie dunque una lunga ricognizione nei paraggi, passeggiando tra trulli, saggi olivi e ritorti alberi di fico ed intuendo nel vento una vaga idea di mare.

La sera, nel tempio del fuoco, viene suonata una musica splendidamente ripetitiva.

Le suggestioni tribali delle percussioni — tamburi, tamburelli e cinte (aste di metallo con piattini in fila ordinata che, sbattendo tra loro, ammaliano ed assordano) — si ammorbidiscono con le sonorità dell'*armonium* ed i canti devozionali.

Ad ogni cerimonia, Siddharta rimane ad occhi chiusi tutto il tempo in un tentativo semi-abile di posizione del loto, sentendo brividi di emozione correre lungo le braccia e la schiena.

I giorni scorrono come balsamo sul suo animo tormentato.

Pakti lo colpisce sin dal primo scambio di battute (lui ha da sempre un debole per le indiane).

Lei ogni tanto indossa un sari, di volta in volta uno diverso mentre lui trascorre generalmente parte del tempo appena fuori dell'*ashram*, a fumare la sua pipa.

Arriva il momento che la vede trotterellare, scalza, lungo una lieve discesa di sassolini.

Una semplicità antica, rotonda contiene la grazia della sua figura, fasciata da un delicato sari verde.

È lui il destinatario di quella corsetta squisita.

Pensa di sfuggita a Camelia, a come in confronto possa sembrare davvero un maschiaccio!

Pakti gli siede vicino, lui ostenta noncuranza, dominio del momento.

In realtà vorrebbe carezzare la sua pelle vellutata dalle due docce al giorno richieste dalla vita in *ashram*.

Così spesso ossessionato dal sesso, vive, al suo cospetto, una condizione di "eunichismo beato".

È troppo compreso nella sua aura di ammaliante innocenza. Stregato.

In quei giorni, non sente la mancanza del vino e della carne che non sono consentiti nell'*ashram*.

Il suo fetore interiore svanisce ogni giorno di più, mettendo presto a nudo la sua migliore quiescenza, la sua fragilità.

Siddharta adora Pakti e non è la solita suggestione.

Vede in lei ciò che aveva visto anni addietro nel suo viaggio in India: la femminilità realizzata, l'archetipo stesso dell'essere donna.

Pakti ha anche altri effetti inusitati su Siddharta: riesce a motivarlo ad alzarsi prima delle cinque di mattina, fare una doccia e poi prendere posto in un tempietto "tuttospifferi" per assistere ad alcune cerimonie.

Lui ha naturalmente alcune resistenze ma il sorriso di denti minuti e l'espressività degli occhi marrone scuro lo inducono a rilasciare qualunque difesa.

Ogni mattina, al suono antelucano della sveglia, maledice la sua eccessiva compiacenza nei confronti di Pakti.

Molto duro è anche il suo impatto con la doccia tiepida ma poi, varcata la soglia del tempietto, al primo timido baluginare dell'aurora, il suo stato d'animo, di colpo, si ammorbidisce.

I suonatori mettono mano all'*armonium*, al tamburo, alle cinte, i pochi presenti iniziano ad intonare i *bhajan*.

Siddharta chiude gli occhi e la sua anima si abbandona all'ondeggiare amniotico indotto dai versi sanscriti.

Le sue cellule si dinamizzano al contatto con l'aria frizzante della prima mattina, la sua mente depone i molti pensieri ed il suo corpo, ancora in un tentativo semi-abile di posizione del loto, diventa un ancoraggio tangibile alla terra.

A cerimonia conclusa, il suo ritrovarsi nel mondo ha l'odore della legna bruciata nel *dhuni* (lo spazio del fuoco sacro), la freschezza dei fiori raccolti da Pakti appositamente per il sacrario shivaita, i visi distesi dei compagni di cerimonia e lo sfondo, chiaramente percepibile dalle grandi insenature del tempietto, di saggi olivi e ritorti alberi di fico.

A quel punto, i sapori frugali della colazione si intensificano e concorrono al sedimentarsi di una gioia semplice, di un'estasi tenera e sfuggente.

Nel giro di pochissimi giorni, Siddharta vive una vera e propria fioritura.

Inizia a sentirsi fresco e pulito dentro, una sensazione difficilmente provata prima.

I suoi pomeriggi trascorrono fluidamente a fare *karmayoga* (servizio disinteressato per la comunità), a pulire, con amore e dedizione, le latrine dell'*ashram*.

Anche in questo caso non manca di avere, in principio, alcune resistenze ma poi lascia che la sua avversione si sciolga con la naturalezza che aveva ritrovato in alcune donne anziane, in India, accucciate al bordo dei binari ad attendere treni senza tempo.

Finisce dunque per dimenticarsi di se stesso, del suo vissuto un po' signorino, diventare la ferma efficacia dell'atto che gli compete e sfrega a fondo i sanitari compreso in un'aura quietamente beata (soprattutto se Pakti è nei paraggi, a pulire i pavimenti).

Al sopraggiungere del crepuscolo, bivacca trasognato con altri ashramiti sulle panchine dei giardini grassi e selvatici.

La frescura della sera gli fa apprezzare il contatto del tessuto di cotone sul corpo, che ne mantiene la temperatura in un equilibrio ottimale.

Si gusta a fondo una tazza di tè, a proprio agio in una pigrizia sfacciatamente orientale.

Filosofeggia, racconta alcune sue esperienze agli sguardi serafici dei suoi interlocutori (che tradiscono tuttavia lo spavento, l'inquietudine, la rabbia di passati generalmente difficili) e si lascia ammaliare con storie da angoli remoti della cara madre India.

Si sente sospeso in una dimensione di grazia e non vorrebbe più ripartire ma un incontro importante lo attende, severo, al varco.

Siddharta e Camelia nelle comuni, atto secondo: Libertad

Siddharta lascia semi-straziato l'*ashram* nella turgida natura mediterranea, ottempera ad un paio di impegni di lavoro per poi portare i suoi passi a Libertad, una comune anarchica tra Emilia, Liguria e Toscana.

Lì Siddharta e Camelia avevano vissuto alcuni mesi, prima che intervenisse l'amara separazione ed il nostro finisse a stare dagli amici Goffredo e Susanna.

Ai suoi occhi Libertad più che una comune è una specie di carcere.

È una grande fabbrica occupata nel mezzo del nulla dove, con mezzi di fortuna — coperte, pedane e pannelli di legno — i comunardi sono riusciti a ricavare diversi alloggi separati.

L'intimità, tuttavia, è un concetto schifosamente borghese a Libertad, dove viene richiesta un'eroica capacità di adattamento.

Siddharta non avrebbe mai pensato che l'anarchia potesse avere un'applicazione così avvilente per l'individuo, mentre si rende conto ogni giorno di più di essere coinvolto in un groviglio di esperienze paradossali.

A Libertad si decide tutto in assemblea, i soldi sono rigorosamente in comune ma si aborrono le "paghette".

Ognuno può prendere quanto desidera dalla cassa comunitaria, salvo poi rendere conto, euro per euro, come ha speso il magro malloppo.

La natura delle spese effettuate deve essere difatti oggetto di discussione e riflessione collettiva.

In questo modo i comunitari possono giungere insieme ad un consumo meno complice possibile delle mostruosità del sistema (quale insostenibile leggerezza dell'essere...).

Inutile dire che Siddharta, data la natura un po' edonista, non si sarebbe rivelato minimamente all'altezza di questa prova.

Lui, per tutto il tempo vissuto a Libertad, versò con un crampo allo stomaco la propria rendita ed i propri guadagni di traduttore nella cassa comune e gli sudavano le mani quando doveva riscuotere qualcosa.

Si sarebbe dunque lesinato il tabacco da pipa ed anche piaceri del tutto innocenti come il cornetto al bar e l'aperitivo.

Si sarebbe persino castrato sul fronte dell'acquisto dei libri che, gli veniva contestato in assemblea, potevano benissimo essere presi in biblioteca.

Nella comune vivono circa trenta persone.

Pochi sono i lavoratori, la maggior parte dei comunitari vive sostanzialmente di espedienti, mettendo in cassa comune meno di quanto poi si riprende per comprare le sigarette.

Siddharta, l'unico realmente benestante (almeno per i parametri del posto), avrebbe visto la sua borsa prosciugarsi senza ritegno.

Alcune sue spese sarebbero state stigmatizzate come orrendamente borghesi e avrebbe dovuto far ricorso a sotterfugi penosi in alcuni casi.

Ad esempio dopo che, giunto in piena notte alla stazione di Bologna, non resse alla tentazione, totalmente a corto di alternative, di un *McBacon menu*.

L'indomani, a Libertad, ci sarebbe stata la famigerata assemblea e Siddharta, come gli altri comunitari, avrebbe dovuto mostrare gli scontrini e rendere conto, euro per euro, dei soldi spesi.

Che situazione; non poteva certo tirare fuori gli scontrini del Mc Donald's e avrebbe avuto vita molto dura ad invocare la fame torturante, gli avrebbero portato esempi schiaccianti. Quello di Marcello, per citarne appena uno, che aveva digiunato undici giorni in carcere per uscire dall'isolamento, quando venne arrestato per associazione a delinquere di stampo anarchico.

No, non c'era via d'uscita se non portare uno scontrino falso.

Siddharta finisce dunque per umiliarsi con il panettiere del paese più vicino a Libertad.

Gli chiede di fargli uno scontrino di cinque euro e settanta, che poi può essere facilmente annullato sul registratore di cassa.

Luigi, il panettiere, si rivela comprensivo, aiuta Siddharta ma non può nascondergli alcune perplessità: «che vivi a fare ancora con quelli lì? Tu che puoi vivere dove vuoi, che hai una rendita e guadagni qualcosa anche con le traduzioni. Io non lo so, avessi la fortuna che hai tu!».

«Sì capisco cosa vuoi dire», ribatte con gli occhi bassi e gli aloni sotto le ascelle Siddharta, «ma sai, Camelia ci tiene a fare quest'esperienza, mi ha detto che bisogna mettersi in gioco fino in fondo, trascendere il proprio ego nel gruppo, solo così si può fare davvero qualcosa per la rivoluzione».

«Ma tu credi ancora a queste minchiate?», riprende spietato Luigi, «quale rivoluzione ma non hai visto che a Libertad ci sono solo parassiti e qualche invasato? Da retta a me, quelli campano sugli ingenui come te!».

«No, adesso esageri, guarda che almeno dieci di loro coltivano la terra, tu dovresti saperlo, il vino, l'olio, lo compri da noi!».

«D'accordo e gli altri?».

«Gli altri...gli altri suonano in strada, sono in una ricerca artistica nella libertà, quando girano dormono all'aperto, non pesano sulla comunità, cioè un pochino, in modo tollerabile!».

«Dimmi una cosa sola, chi altro versa in cassa quello che ci versi tu?».

«Nessuno».

«E poi ti rompono le palle se ti mangi hamburger e patatine, per una volta?».

«Sì ma cerca di capire, Mc Donald's è un mostro senza scrupoli. Sta deforestando il mondo, adesca i bambini, vende un cibo del tutto sintetico, che non nutre, intossica e basta».

«Ma allora tu che ci hai mangiato a fare?».

«Ero sul limitare del collasso per fame!».

Ridono.

«Ma sì», riprende Luigi, «non te la menare ma certo che Camelia è l'angoscia in persona! Perché non le dai un bel calcio nel culo? Non vedi in che posti assurdi ti porta? Anarchici anarchici e tu ti sei perso la libertà di mangiarti un panino o fumarti una confezione di tabacco in più, di berti una bottiglia di buon vino o farti una bella mangiata in trattoria. È assurdo!».

«Hai ragione ma loro hanno delle solide motivazioni ideologiche, credo non abbiano neanche tutti i torti, sono io ad essere fuori posto e comunque è questione di qualche mese, aspetto che a Camelia passi quest'infumata. Ha smesso di lavorare nella bottega del Mercato Equo, ora è disoccupata e vuole prendersi questo periodo per guardare dentro se stessa e forgiare il suo spirito rivoluzionario. Poi ha intenzione di partire, di andare in Honduras con i missionari ed io magari non la vedrò per un po'di tempo e ora me la voglio godere, mi voglio godere il suo corpo, i suoi odori» (Siddharta è semplicemente un olfattomane).

«Fa come vuoi ma secondo me sei davvero sprecato là in mezzo. La rivoluzione, bah, io non li capisco, sarà che ho iniziato a lavorare a nove anni e se ho un giorno di libertà a settimana me ne vado a donne e non penso a rovesciare il mondo, sarò pure un po' qualunquista ma sai che ti dico? chi se ne frega! Comunque, io lo scontrino te l'ho fatto, vedi tu, su di me ci puoi sempre contare».

«Grazie, sei un caro ragazzo, quando potrò gestire i miei soldi in totale libertà voglio farti un bel regalo, un cd, un cellulare, non so; aspettati un regalo!».

Con lo scontrino falso in tasca, Siddharta porta le sue spalle curve a Libertad. Un anarchico maturo, sulla quarantina, ha subito da ridire appena varca il cancello in legno precario della comune.

«Dove cazzo eri finito?».

«Nulla, mi sono un po' attardato».

«Hai fatto incontri strani? Gli sbirri ti hanno fermato?».

«No, mi sono fatto una pipata meditativa».

Siddharta viene interrotto bruscamente ad alitate fetide in faccia: «ma cosa mediti, cosa mediti, borghesuccio piccolo piccolo, sai che ti dico? Ora propongo in assemblea che tu venga diffidato dal rimettere piede a Libertad. Non si sa mai dove finisci, spendi un sacco di soldi per cose assolutamente futili, mai che ti si senta proporre qualcosa di sensato, mai che ti venga in mente una qualunque azione di solidarietà per i compagni in carcere, quando si cercano volontari per attacchinare non si sa mai dove recuperarti e alle assemblee arrivi sempre per ultimo, quando magari è già mezzora che discutiamo e tu non hai partecipato e sai perché? Perché non te ne frega un cazzo, pensi solo ai cazzi tuoi!».

Siddharta è interdetto, vorrebbe ribattere ma l'aggressività di Gustavo, tatuato ovunque, con quattro anni di carcere alle spalle perché sorpreso a preparare una *molotov*, lo ha completamente disorientato.

Tenta la strada della ragionevolezza: «ma scusa, non ti sembra di essere un po' troppo intollerante?...» espone le sue esili ragioni ma Gustavo gli taglia crudamente le parole in bocca ribattendo inferocito: «quale intollerante, ti stiamo tollerando fin troppo tutti in questa comune, tu e la tua spiritualità da figlio di papà e sei ancora qui, ma non lo sai che l'assemblea cominciava alle cinque? Guarda l'ora, guarda che ore sono! Le cinque e quaranta e tu sei ancora qui a menartela, ma cammina, va in assemblea va!».

«Tu non vieni?».

«Fatti i cazzi tuoi su quello che faccio io, dov'eri tu quando mi rompevo la schiena, l'altra notte? Mi sono fatto cinque paesi ad attacchinare con la fifa che mi fermassero gli sbirri, lo sai che se mi fermano possono trattenermi anche tre giorni al commissariato e darmele di brutto, lo sai sì?».

«Va bene vado ma calmati, davvero!».

Gustavo non degna Siddharta di un'altra sillaba e prende a rollarsi nervosamente una cicca.

Siddharta è come paralizzato, vorrebbe entrare a seguire l'assemblea e magari provare a dire la sua, farsi vedere partecipe o sarà sempre più emarginato, perdendo l'odore discreto di sudore di Camelia e tutti gli altri suoi odori.

Il movente dell'odore lo fa muovere verso il capanno da cui esce un monologo infarcito di qualche bestemmia.

Appena entra gli occhi dell'oratore si fissano feroci su di lui, incorniciati da un paio di treccione giamaicane chiuse, in fondo, con palline colorate.

Prende posto su una panca.

Gli passano con disprezzo una canna.

Fuma quasi meccanicamente, sta davvero male, si sente preso in trappola, in un serraglio dove tutti scalciano più forte di lui.

Si sente sprotetto, vulnerabile, in balia di belve deliranti.

Promette a se stesso di lasciare al più presto Libertad ma gli si ripone, invalicabile, il problema di Camelia.

Dopo qualche giorno fugge a casa di Goffredo e Susanna e i cani, quasi consapevoli di tutto quello che ha sofferto a Libertad, lo leccano da cima a fondo la prima sera.

Di lì ad una settimana c'è la telefonata finale, naturalmente a carico di Siddharta e lo svanire degli odori di Camelia.

Ora Siddharta, ad oltre un mese di distanza, fa di nuovo cigolare il cancello in legno precario della comune.

Debbono rivedersi con Camelia, che nel frattempo ha rinunciato ad andare in Honduras, tentare il tutto per tutto, vedere di ricomporre i cocci della storia.

Siddharta poi, *last but not least*, ha un pressante desiderio di riprendere un contatto profondo con il suo corpo ma nulla va per il giusto verso e lui fa naufragio dall'amico fornaio, pervaso di greve amarezza.

Luigi, a sua volta, riprende il solito adagio: «tu, tu che sei un re, che puoi permetterti di fare quello che vuoi, ancora corri dietro a quella sgallettata? Ma fatti un bel viaggio!».

«Ma sì», risponde Siddharta, «sono in partenza, sto andando a Parigi da una mia amica, non dirmi che non lo sapevi!».

«E allora», riprende spietato Luigi, «non mi dire che a Parigi non ne trovi cento migliori di Camelia, insomma, non mi deludere, vattene in qualche locale, tira fuori le antenne, capta qualche gallinella disponibile e poi sfodera il brando, Cristo risorto!».

«La sua fica mi è rimasta sul naso, me la sogno la notte, quell'odore acre, a volte dolciastro».

Luigi impreca Dio e la madonna, non la regge più la storia dell'odore.

Il giorno dopo Siddharta è di partenza, non senza, naturalmente, aver dormito malissimo per la mezza sbornia con l'amico fornaio ed essersi macerato in caleidoscopiche frustrazioni.

Di conseguenza non riesce a non dare spettacolo all'aeroporto.

Chiama Camelia e le dice di non farsi più vedere, che il suo numero verrà derubricato, quello del cellulare come quello di casa.

Arriva a Parigi stravolto, dopo aver cercato, del tutto inutilmente, il silenzio della mente sull'aereo.

La sua amica è all'aeroporto, con il fidanzato turco, cosa che naturalmente lo finisce di destabilizzare, anche se in realtà sapeva che l'avrebbe trovata accoppiata.

Nei giorni successivi gira Parigi in costante stato alterato.

A notte inoltrata finisce a vagare nella metropolitana talmente nel pallone da rischiare di mancare l'ultimo treno per la *banlieu* remota, dove vive la sua amica con il turco.

Naturalmente non ha modo di godersi la città ma, in un locale italiano dove suonano musica salentina, conosce un'altra ragazza, Magali, "Perla" in provenzale.

Somiglia molto a Camelia: gli occhi cerbiatti e celesti, la linguetta che ogni tanto fa capolino e si ritira subito tra le labbra.

È una ragazza dolce, un po' claudicante per un ginocchio

te dagli sbirri nel corso di una manifesta-

ccontare questa storia Siddharta non può gli anarchici; allora è proprio una pro- nica!».

agali lo ossessiona tutta una sera, l'unica che trascorrono insieme nel localetto di un affabile venditore di kebab, con la manifestazione e gli sbirri.

Gli racconta minuziosamente di lei che, a terra con il ginocchio già rotto da una manganellata criminale, vorrebbe urlare ai suoi carnefici: «bastardi, sbirri di merda!» ma non può permetterselo perché uno sbirro le sta pressando un manganello tra il collo e la mandibola ed allora pensa ragionevolmente tra sé: «già mi sono fottuta una gamba, forse è il caso che mi stia zitta per risparmiarmi almeno la faccia».

L'incontro con Magali si rivela poetico.

Lei è tenera, meravigliosamente fragile e lui, sul volo di ritorno, vedendo le Alpi lascia cadere qualche lacrima.

Ritornare da Parigi porta sempre con sé un po' di magone, si racconta ma in verità è Magali che rimpiange.

La rivede correre, un po' arrancando per la gamba offesa, sulle scale della metropolitana.

La rivede contrarre il viso in una smorfia e dire «e io che volevo urlargli: sbirri di merda e non potevo perché avevo il manganello pressato sulla faccia».

Magali, dolce, tenera Magali!

Tornato in Italia, Siddharta si intossica qualche giorno di *hashish* da amici tossicofili e torna presto da Gregorio e Susanna.

A casa della coppia cinofila si dedica un po' al suo lavoro, quel tanto che basta per racimolare qualche soldo e partire ancora.

Siddharta entra nell'ottica di fare mea culpa

Sono trascorsi ormai quattro mesi dalla storica sbornia con il Montepulciano di periferia.

Siddharta ha girato e rigirato ed ora si è comprato una vecchia macchina ed ha una ruspante casa ammobiliata in un piccolo borgo, concessa in comodato gratuito da alcuni parenti.

Tuttavia, non riesce a starci più di dieci giorni per volta, ormai è abituato a vivere con altri e, dunque, si sente disperatamente solo.

A poco servono le battute gioviali ed i momenti di goliardia con gli amici, le penne all'arrabbiata, le demenzialità degli *Squallor*.

Siddharta inizia, giocoforza, a fare un po' di introspezione.

In uno dei suoi giri finisce in una comunità *New Age*, dove ci si abbraccia di continuo e si condividono, talora ossessivamente, i propri stati interiori.

La sua anima inizia a far sgorgare un po' di luce dall'interno, una luce dolorosa.

Crede di vivere l'esperienza dell'apertura del quarto *chakra*, legato all'amore, alla compassione e sente una tensione straziante all'altezza della bocca dello stomaco.

Il vuoto lasciato da Camelia è lì e non ci sono palliativi che reggano.

Francesca, ospite nella stessa comunità, è una di quelle ragazze che, con anni di psicanalisi alle spalle, amano sguazzare nelle problematiche altrui.

Non si lascia dunque scappare l'occasione di mettere mano nel caos interiore di Siddharta.

I due decidono di scambiarsi una sessione di *Reiki*.

Lei è un po' sensitiva e lo massaggia, amorevolmente, sull'intestino.

Gli dice che ha desideri contrastanti (che novità!), che gli si ingarbugliano dentro e lo fanno soffrire.

Lui non può che accettare questa diagnosi, sdraiato su di un materassino a pochi centimetri dal caldo *parquet* nuova era.

Francesca, in ginocchio davanti a lui, lo guarda con occhi penetranti e compassionevoli, poi si protende con le braccia verso le sue spalle, lo raccoglie da terra e lo alza a sé.

Lo tiene stretto al suo petto e Siddharta lascia sgorgare qualche lacrima.

Lei lo scosta un pochino, lo guarda e gli passa l'indice ripiegato sotto la palpebra, ad asciugargli il pianto pudico.

«Parlami di lei», gli fa.

Lui le racconta le diverse peripezie avute con Camelia, che avevano vissuto insieme prima nella mansarda, poi in un paio di comuni, Betania e Libertad, per diversi mesi e che alla fine lui l'aveva lasciata perché non funzionava più.

«Cos'è che non andava?», sonda Francesca.

«La volevo tutta per me e non riuscivo a sentirla mia, sentivo il terreno che mi mancava sotto i piedi, era sempre dietro a troppe cose e poi, soprattutto a Libertad, era come se stesse in offerta. Era troppo aperta con tutti, in uno stato di costante, immotivata eccitazione e, in certi casi, trascurava me per stare dietro a qualcun altro, gliela metteva sotto il naso, capisci, poi non ci faceva nulla ma intanto giocava come il gatto con il topo ed io mi sono stufato».

«Ne avete mai parlato?» chiede Francesca in uno slancio di intimismo dialogico e retorica dell'incontro.

«Sì, tante volte, diceva che ero io a fare il geloso, che ero un po' borghese, che la volevo monopolizzare e che lei invece voleva espandersi ed amare tutto il mondo. Tutte stronzate, la verità è che le piaceva tenere sulla corda più uomini, così da farsi servire e riverire. Era sempre seduttiva, bastava il primo bifolco gruppettaro a buttarle un po' di fumo negli occhi e lei non capiva più nulla. Sembrava quasi che dovessi trovare del tutto naturale spartirla, metterla in comune. Io non sono mai stato possessivo ma in questo caso lo sono diventato. Forse abbiamo sbagliato ad andare in ambienti così promiscui, dove le venivano questi pruriti. Avremmo dovuto avere una casa tutta nostra e invece: le comuni, la vita alternativa, la rivoluzione e io le sono andato dietro. Anch'io in realtà amo vivere in maniera diversa, con gli altri, mi sento anche un po' anarchico ma non avrei mai creduto che una comune anarchica potesse essere come quella in cui abbiamo vissuto noi. Alla fine sono andato via, a vivere da amici e Camelia...avevamo deciso di stare divisi per un po' ma poi ci siamo sentiti dopo qualche giorno e lei aveva appena fatto un massaggio ad un ragazzo, a Libertad ed io non ci ho visto più. Come ti ho detto la volevo tutta per me e...insomma le ho detto di lasciarmi stare, che tra noi era finita».

«E ora?».

«Ora mi manca spaventosamente, andare a fare la spesa, riempire il frigorifero o comprarmi una pizza da asporto e mangiarla davanti alla tv mi riempie di tristezza. Mi sento perdutamente solo, mi manca lei e mi manca di vivere con gli altri.

Qui difatti sto bene, perché ci siete voi e quando starnutisco c'è sempre qualcuno che mi dice: salute! Credo ancora alla vita comunitaria, forse sono finito nella comune sbagliata».

«E nell'altro posto dove siete stati?».

«Betania?».

«Sì, Betania».

«Betania è un bellissimo posto, puro, pulito» si entusiasma Siddharta dimenticando gli effetti lassativi del proto-cristianesimo, del collettivismo e della retorica dell'essenzialità.

«Si richiamano al cristianesimo delle origini e vivono in maniera semplice e frugale, un po' come, si racconta, vivevano gli esseni. Il loro testo di riferimento è *Il vangelo esseno della pace*, dove vengono date una serie di regole alimentari che loro però rispettano in maniera elastica. Certo, sono vegetariani ed un po' crudisti, tendono a mangiare solo frutta di stagione e molti ortaggi crudi che si coltivano nei loro campi incontaminati. Fanno agricoltura biodinamica ed hanno molte arnie. Il pane lo fanno in casa, fanno delle cialde che poi mettono al sole ed hanno una consistenza molto particolare».

«Non lo cuociono il pane?».

«No, o meglio, lasciano che lo cuocia il sole. Loro sono molto pagani da questo punto di vista, parlano dell'angelo del sole, dell'angelo dell'acqua e di quello dell'aria. La mattina si espongono nudi al sole e poi vanno a fare il bagno in un torrente fiabesco, di acque cristalline e bianche pietre levigate, dove stendersi ad asciugare ed oziare un po'».

«Anche d'inverno?»

«Sì, anche d'inverno, si sta meno in acqua e ci si asciuga subito quando si esce.

Sono persone che parlano poco, sono tutti molto compresi in se stessi e per questo Camelia non si è trovata bene, lei che deve sempre sproloquiare di uguaglianza, fraternità, loro la vivono, non ne fanno ideologia».

«Quanto siete stati a Betania?».

«Un paio di mesi. Si stava proprio bene, c'erano le salamandre ed ogni tanto vedevamo volare i falchi, il luogo è quasi incontaminato e la sera si stava davanti al fuoco, parlando poco, suonando la chitarra. Le poche cose che si dicevano avevano sempre un certo peso, era sempre interessante la conversazione, non si finiva mai a banalizzare o a parlare per slogan».

«Che discorsi facevate?».

«Si parlava spesso di Gesù, visto come un uomo molto affascinante, che aveva viaggiato, era stato in India, in Ladakh. Secondo alcune ipotesi era anche sopravvissuto alla crocifissione e poi aveva una normale relazione sentimentale».

«Con Maria Maddalena?».

«Esatto. A Betania, infatti, in Palestina, c'era la casa di Maria Maddalena, sorella di Lazzaro e Gesù viveva con questa donna e con i suoi discepoli. Questa immagine mi dava una gran serenità, pur legandosi ad un preciso ideale ascetico. Io non sono un'asceta, l'ascesi non mi ha mai convinto, neanche a Betania ma sono stato davvero bene con loro».

«Perché siete andati via?».

«Camelia preferiva stare a Libertad perché la sentiva più vicina culturalmente. Diceva che a Betania si faceva del misticismo individualista, che non si lavorava a cambiare la società, il mondo, addirittura. Lei, invece, si sentiva una rivoluzionaria».

«E a Libertad com'era invece?».

«Sorvoliamo...c'era anche bella gente ma si respirava odio. Odio a colazione, a pranzo e a cena. Odio per gli sbirri, per i fascisti, per i comunisti, per i ricchi, per i meno ricchi, era una continua espressione di risentimento, senza...senza riscatto».

«Forse tu avevi bisogno di un contesto più spirituale».

«Sì, infatti sono rimasto ancora un po' di tempo a Betania. Camelia aveva iniziato a cercarmi perché poi mi amava, mi amava molto, lo sentivo ma ha questa natura instabile, inaffidabile. Io non riuscivo a vivermi questa storia con il distacco necessario. L'ho raggiunta a Libertad, ho provato a mettermi in gioco anch'io, a mettermi sulla loro onda ma non era proprio possibile per me.

Loro stessi non mi riuscivano ad accettare, dicevano che ero un borghese ed io, in effetti, in parte lo sono ma sono anche un girovago».

«Cosa cerchi, tu, in verità?».

«Lo sapessi...armonia, pace, serenità, amore».

«Vedi che lo sai».

«Sì ma non mi riesco a fermare ed ora porto dentro questa voragine che mi ha lasciato Camelia. Avremmo voluto dei figli e ci sarebbe piaciuto crescerli liberi in una comune ma probabilmente avevamo un'idea diversa di come dovesse essere.

Mi sono reso conto che stare con Camelia, per me, era come passeggiare, un po' trasognato, in un giardino dell'Eden. Lei aveva un modo di essere bella così puro, così ancestrale ma, da un momento all'altro, poteva profilarsi un baratro illimitato davanti ai miei passi e rischiavo seriamente di caderci dentro. Da un momento all'altro, in qualunque punto mi trovassi, in questo giardino dell'Eden».

«Chiudi gli occhi».

Siddharta viene riaccompagnato dalle amorevoli mani di Francesca sul materassino. Lei gli fa una lunga sessione di *Reiki* e lui perde quasi conoscenza.

Fa l'esperienza di quello che gli yogi chiamano "quarto stato di coscienza", uno stato ineffabile che qualcuno ha accostato al concetto stesso di vacuità.

A sessione finita, Siddharta riatterra e sente il corpo molto leggero e le pareti della stanza, l'arredo in legno caldo hanno un'altra vividezza, un altro nitore.

È lì Siddharta, solo lì. La sua mente è completamente vuota, il suo sguardo vaga lento e compreso e finisce per appuntarsi negli occhi benevoli di Francesca.

«La amavi molto?».

Siddharta tace. Lascia che la risposta non parta dalla testa e arrivi dopo una buona manciata di secondi: «sì, l'amavo».

Nei giorni seguenti si rende conto che sta vivendo un'autentica guarigione, dolorosa però, terribilmente dolorosa.

Si sveglia una mattina con i bronchi costipati, gli intestini con degli uncini infilzati in diversi punti delle loro pareti.

Vive un'angoscia, un quasi-desiderio di morire, una disperazione di vivere.

Esce dalla sua camera, nella comunità *new-age*, quasi in *trance*.

Va all'*Internet Point* comunitario ed entra nel sito del comune di residenza di Camelia.

Digita il nome del padre e ricava il numero di telefono di casa (lui aveva perso tutti i recapiti perché aveva deciso di derubricare dal cellulare tutto quello che iniziava con la C).

Chiama. Risponde la madre.

Siddharta è in serio imbarazzo ma vuole ottenere a tutti i costi il numero di cellulare.

La madre non gli fa pesare questa preziosa cortesia e Siddharta rirubrica il suo tormentato amore.

Chiama.

«Ciao», gli risponde neutramente Camelia.

«Ciao, come stai? È passato un po' di tempo lo so».

Ci sono pochi convenevoli introduttivi.

Camelia viene subito al dunque: «mi sono aperta troppo con te, barcollavo, non mi appartenevo più e dopo che mi hai lasciata ho trovato la forza, in qualche modo, di rimuoverti. Ora sto molto meglio, mi sento rigenerata ma ti voglio ancora bene e possiamo restare amici, se vuoi».

Siddharta riceve la prima piccola coltellata.

«Adesso allora mi apro io», ribatte, «è più di un mese che ti penso, tutti i giorni, non so come mai, mi sto rendendo conto che il nostro è stato un grande amore, che il nostro rapporto aveva delle potenzialità immense, che non sarà facile per nessuno dei due trovare qualcosa di simile. Credo che potremmo davvero rischiare di dover ripiegare su qualche altra persona ed accontentarci di un rapporto mediocre». Siddharta continua su questo tono ma Camelia non sembra coinvolgerci troppo. Continua a sostenere di mantenere l'amicizia, che con ogni probabilità non se la sente di riprendere la relazione ma concede che si possano almeno vedere.

Si vedono di lì a una settimana, dopo quasi due mesi e mezzo.

Siedono sulle panchine di un giardino, tenendosi la mano.

Siddharta inizia: «quanto mi sei mancata, Camelia, mi sei mancata da morire» e lacrimoni caldi gli rigano le guance.

Continua: «sono stato uno stupido, avevo una perla e l'ho buttata nel cesso, ho sbagliato a lasciarti ma, ti dico, diamoci un'altra opportunità, ritentiamo!».

Le notizie, tuttavia, non sono le migliori per Siddharta.

Camelia, ora, sta con un altro uomo.

Si chiama Nicholas ed è inglese, sbarcherà di lì a qualche

giorno in Italia e trascorreranno insieme una settimana in un rifugio d'alta montagna, poi, nei progetti di Camelia, c'è il trasferimento in Inghilterra.

Inutile descrivere lo stato d'animo di Siddharta, che tuttavia non demorde.

In quei giorni è ospite da un suo amico che ha fatto la scelta audace di mollare la metropoli ed avviare un'azienda agricola in campagna.

È lì perché abbastanza vicino al comune di origine di Camelia.

«Ascolta», le fa Siddharta, «tu adesso hai questa storia, magari è un fuoco di paglia, io non mi rassegno, non ti voglio perdere. Viviti questa settimana, io ti aspetto, probabilmente adesso hai bisogno di questo!».

Camelia lo interrompe: «fatti la tua vita, non mi aspettare, lo so che non voglio riprendere con te. È stata una bellissima storia la nostra, molto intensa ma è finita. Possiamo vederci ogni tanto ma, davvero, non mi aspettare!».

Passano insieme ancora un paio d'ore e qualcosa rinasce tra di loro.

Siddharta è in estasi per la sola vicinanza di Camelia. Vive un momento di clamorosa co-dipendenza a scoppio ritardato.

Giunge il momento di salutarsi.

Camelia è coinvolta, gli prende le mani tra le sue, caldissime, praniche.

Siddharta ostenta un distacco iniziatico.

Si salutano con un bacio sulla bocca.

Poco prima Camelia si era fatta scappare che non sapeva se sarebbe andata in Inghilterra, che tutto sarebbe dipeso dalla settimana in montagna.

Siddharta coltiva dunque, incautamente, qualche speranza.

Passa i giorni successivi, mentre Camelia se la spassa con l'inglese, cavalcando le impennate sinfoniche di Borodin, Schumann e Grieg.

La prima notte dopo la nuova separazione, nella ruspante

azienda agricola dell'amico, è in vena di audaci crisi mistiche.

Alza le mani al cielo stellato, invoca non Dio perché non va più di moda ma l'universo (molto più "nuova era") e, convinto, esclama: «chiedo un'altra opportunità con Camelia, faccio voto di non fumare per tutta questa settimana e di comportarmi con più saggezza quando sarà ricominciata la nostra storia».

Forse gli farebbe davvero bene andarsene in un *club privé*, buttarsi in una bella mischia in una *dark-room* o aggregarsi ad una coppia vivacemente lussuriosa. Invece no, continua, persevera e, naturalmente, picchia i denti.

Tenta la strada della crisi isterica telefonica, quando Camelia, trascorsa la settimana, gli conferma le sue intenzioni di raggiungere, di lì a poco, Nicholas in Inghilterra.

Le urla: «io non ti faccio partire!».

Insomma, il finale è davvero patetico.

Lui si rende conto che il valore di Camelia è, tutto sommato, trascurabile — eccezion fatta per i soliti, impareggiabili, odori — che il vero problema è lo sbriciolamento, imminente, della sua personalità, inadeguata a reggere uno stress relativamente sostenibile, dettato appena dall'aver concluso una relazione con una sostanziale rompicoglioni.

Valuta dunque di prendere provvedimenti radicali, che la storia con questa donna ha messo a nudo sue gravi debolezze.

La decisione, di conseguenza, è altrettanto grave…

Siddharta finisce in una comunità semi-monastica

Passa circa una settimana.

Siddharta ha già preso contatto con quella che, nei suoi intenti, potrebbe essere una sorta di clinica per persone in crisi esistenziale: una comunità semimonastica in cui convivono monaci buddisti, di ceppo tibetano e laici.

Lui è ora più che mai determinato ad andare a fondo nella sua interiorità, sperando di trovare la causa di quella lacuna interiore che lo ha fatto attaccare così morbosamente a Camelia.

L'unico modo che conosce per sondare le profondità del suo essere è quello di "prendere rifugio in se stesso", sedendo in silenzio e tentando di lasciarsi alle spalle il caotico traffico di pensieri della sua mente congestionata.

In realtà, sta tentando di seguire questo semplice insegnamento buddista da diversi mesi ma l'intensità della sua inquietudine è tale da richiedere anche un contesto esterno adeguato, intriso di introspezione.

Per vivere in comunità un certo periodo è disposto a prestare la sua opera alcune ore al giorno.

Il posto è in una distensiva zona collinare.

Lui ci arriva in nottata, con una vecchia amica; una donna-*medium* che sembra davvero di essere al mondo per un puro caso.

La grande colonica ha messo a letto quasi tutti i suoi occupanti, solo una monaca è ancora in piedi, a sbrigare le ultime faccende domestiche.

Li accoglie in modo assolutamente neutro.

Siddharta crede di essere, in una prospettiva momentaneamente Zen, "vuoto come una canna di bambù".

Per tutto il viaggio è stato praticamente privo di aspettative, di timori e desideri.

Ha mantenuto la condizione d'animo migliore e, per una volta, è stato forse all'altezza del suo nome.

Senza scosse è anche il suo, temuto, impatto con il dormitorio, naturalmente tutto al maschile.

L'indomani è a lavorare nei campi con altri due volontari, persone alla confusa ricerca di qualcosa di francamente nebuloso, anche loro un po' esuli a se stessi.

A pranzo si fa un'idea più completa delle persone che vivono lì, in genere non in pianta stabile — eccezion fatta per i monaci, che occupano alloggi separati e spesso mangiano per conto proprio — ma per periodi variabili.

Si rende subito conto che non c'è un'atmosfera particolarmente accogliente e cordiale, che ognuno è preso nel suo groviglio introspettivo o imbrancato, a suo modo, con l'anomalo gregge.

Nei giorni successivi arriva un quarto volontario per il lavoro nei campi.

È catanese e Siddharta inizia presto a chiamarlo, affettuosamente, "Catania".

Questi sembra essere completamente allo sbando. Teoricamente è un attore di teatro ma non dà proprio l'idea di essere sommerso dagli ingaggi.

Come Siddharta non riesce a vivere da solo e, pur avendo una casa, non ci sta praticamente mai.

È capace di partire dalla sua città per stare appena una o due serate a Roma e poi tornare indietro.

Siddharta sente un senso di profonda affinità con Catania e questo, un po', lo preoccupa.

Il loro disordine interiore, i loro disagi emergono, nella comunità semi-monastica, in maniera cristallina.

Franck, il capo-giardiniere, fatica a farli lavorare.

Siddharta prova a mettercela davvero tutta ma ogni tanto sente una forza, come una mano che gli afferra le budella e lo trascina verso il basso.

Franck è davvero una roccia ed insegna agli sbandati volontari come zappare per faticare il meno possibile, trucchi e trucchetti del mestiere.

Ogni mattina, Siddharta fa meditazione nel *gompa*, il tempio della comunità e lo trova un buon ventre di gestazione.

Lì sente che le sue tensioni si sciolgono a fuoco lento, liberandolo gradualmente della loro morsa asfissiante.

Il pensiero di Camelia è diventato ormai un'insana abitudine e lui è spesso tentato di telefonarle o mandarle un messaggio, con una scusa o con l'altra.

Tuttavia, si fa strada in lui la convinzione che è solo un paravento della sua mente, che deve attaccarsi ossessivamente a qualcosa per infestargli una vita altrimenti troppo spensierata.

Siddharta impara ogni giorno di più quanto profondamente perversa possa essere la mente umana, incapace di lasciar vivere a pieno la realtà semplicemente per come questa, momento per momento, si presenta, senza infarcirla di desideri più o meno oziosi o smanie capricciose.

Si sofferma in particolare a riflettere sulla natura nevrotica della mente occidentale, sulla matrice giudaico-cristiana, su come la concezione escatologica del tempo — che culmina in un momento apicale in cui i virtuosi vengono definitivamente separati, nella beatitudine, dall'eterna dannazione dei peccatori — possa aver nidificato tremendamente nel suo inconscio proiettando a raggiera angoscia, nevrosi, ansia nella sua vita.

Si sofferma anche sul concetto di *dukha* — sofferenza — centrale nella tradizione buddista.

Nella dottrina di Shakyamuni, filtrata dal caos interiore di Siddharta, la sofferenza dovrebbe spingere il seguace a tentare di lasciarsi con maggiore sollecitudine possibile la vita alle spalle.

Da pseudo-epicureo pensa a come, in una visione di questo genere, vivere rischi di essere implicitamente assimilato quasi al solo soffrire e a come questo assioma lo ritrovi sui volti delle persone che gravitano attorno alla comunità.

«Sembra davvero che per loro vivere e l'urgenza di liberarsi della vita siano un'impresa semplicemente disperata...», si ritrova a riflettere con la zappa in mano, «...per questo dalle loro figure sembra affiorare una percezione morigeratamente tragica della vita, della vita per come tutti la conosciamo, fatta di odori, sapori, fughe, raccoglimenti, litigi, solitudine, azzardi d'amore».

Fortunatamente arriva Catania a distoglierlo da riflessioni che rischierebbero di diventare oziose.

Se ne esce con una delle sue frasi strampalate: «sai che ero proprio indeciso se venire in un centro buddista o cercarne uno per il decondizionamento dalla dipendenza sessuale? La cosa che mi fa incazzare è che sono indeciso ancora!».

Ride Siddharta, che si è affezionato a Catania quasi come ad un fratello ed in effetti sono affratellati dalla stessa inquietudine.

Questo è assolutamente chiaro ai suoi occhi quando vede l'amico allontanarsi dal gruppo di lavoro e guardare inquieto la valle.

In questi casi, Catania ha generalmente le braccia conserte contratte sullo sterno, quasi a voler chiudere il cuore in una gabbia per non lasciargli sgorgare troppa sofferenza o a tentare, maldestro ed incredibilmente impaurito, una serrata protezione di sé.

Siddharta trascorre un mese e mezzo nella comunità semimonastica, non trova la via di uscita dal *samsara* ma la sua angoscia, in buona parte, si dirada, consentendo alla sua vita di riprendere un corso quantomeno tollerabile.

Nella pausa di un *week-end*, finisce con un'amica di lunga data, la Geggia, nel casale di un personaggio accattivante e spassoso, una figura a metà strada tra un guru indiano ed un mago druido.

Il casale echeggia puliti motivi psichedelici.

In particolare lo studio di Shiva-Gandalf è un ambiente caldo e suggestivo. Molti elementi dell'arredo sono raso-terra, dai tavoli alle poltrone, gli uni e le altre d'un legno lucido, impeccabile, come le molte librerie; contribuiscono a creare un'atmosfera da tana di alchimista.

La notte Siddharta, semi-incapsulato nel proprio sacco a pelo, affonda nelle secrezioni un po' semolinose dell'irrequieta e pimpante topa della Geggia.

Anche questo, naturalmente, contribuisce ad effondere nel suo essere un piacevole senso di quasi-pace e a prepararlo al rientro nella sua ruspante tana di paese.

Siddharta e Camelia nelle comuni, atto terzo: i due si ritrovano in uno squat di campagna

Passano i giorni e le colline della comunità semimonastica sfumano delicatamente dietro le spalle di Siddharta.

Lui, oramai, si è quasi rifatto una vita o comunque un suo pur precario equilibrio.

Lavora, studia (frequenta addirittura qualche lezione), riesce a stare anche da solo nel vecchio borgo, rifioriscono alcune sue vecchie passioni.

In altre parole: è di nuovo padrone di sé.

Camelia, tuttavia, è sempre un quantitativo di benzina che intride il suo cuore e può bastare nulla a farlo divampare; un sms, una e-mail o, addirittura, una telefonata.

Siddharta aveva sempre preso le telefonate di Camelia, data la sua natura esageratamente parsimoniosa, come una grande prova d'amore.

Una mattina la sinfonia del telefonino lo scuote dal godibile torpore tra sonno e veglia.

Siddharta è quasi tentato di non rispondere ma poi, con scatto felino, agguanta il cellulare.

Legge il nome sul *monitor* ma non si dà il tempo di emozionarsi.

Risponde repentinamente ostentando una minima, assonnata disinvoltura: «sì».

«Pronto, ciao sono Camelia…niente volevo sapere come stai…ma ti ho svegliato?».

«Sì, non preoccuparti però, dimmi pure».

«Sono da Shiva-Gandalf. Mi ha detto che sei passato di qui tre settimane fa, forse ho dormito nel tuo stesso letto. Mi fa un effetto strano questo posto, credo che resterò solo un paio di giorni».

La conversazione continua su questo tono.

Siddharta aggiorna Camelia sulla sua esperienza nella comunità semimonastica e lei, dopo poco, inizia a tagliare corto.

È sempre la solita parsimoniosa, fin nei più interni anfratti del suo essere.

Siddharta non vuole allungare il brodo e l'agevola nella sua operazione di smorzamento.

Si salutano.

Camelia, tra le altre cose, gli ha annunciato la sua prossima partenza per l'Inghilterra e l'ha buttata lì: «magari ci risentiamo prima che parta e magari ci vediamo, tanto sembra proprio che ci si debba incontrare!».

Siddharta cerca, nei giorni successivi, di non dare peso a questo improvviso ed inaspettato spiraglio.

È convinto che Camelia sia ancora innamorata di lui, che solo non se lo voglia confessare, altrimenti non ci sarebbe nessuna ragione perché gli abbia insinuato di vedersi.

Siddharta gongola un po' ma pensa alla tanta benzina che intride il suo cuore e che questa telefonata è un cerino acceso a pochi centimetri dal suo poderoso pulsare.

Qualche giorno dopo lo troviamo ad indugiare davanti alle fiamme del camino.

Pensa a Camelia. Le vorrebbe mandare un messaggio ma si dice: «attenzione, non svegliare il can che dorme!».

La serata avanza protraendo la sua, amata, solitudine e la solitudine non sempre è una buona consigliera (o forse lo è).

Fatto sta che Siddharta cede, le invia un messaggio neutro — «come è andata, poi, da Shiva-Gandalf?» — e, poco dopo, lascia la postazione davanti al camino guizzante per il letto.

In procinto di addormentarsi sente il segnale di un messaggio ricevuto.

Si alza. Senza grandi premure si avvicina al tavolo della cucina rustica.

Al buio attiva il cellulare con il suo chiarore fluorescente e

legge il messaggio.
È, naturalmente, di Camelia.
È insolitamente lungo.
Gli dice che ora sta nello *squat* di campagna dove anni or sono si erano conosciuti (una conoscenza superficiale, cui avrebbe fatto seguito un re-incontro, anni dopo, nella sede di un'associazione culturale).
Il messaggio si conclude con un: «mi fa molto piacere averti sentito!».
Il cerino si avvicina al cuore imbenzinato ma non rappresenta ancora un pericolo palpabile.
Torna a letto Siddharta e dorme un sonno tranquillo.
L'indomani è in giro per il centro di Roma.
Deve consegnare un manoscritto tradotto ad un cliente, comprare una teiera in terracotta cinese in un negozio specializzato, visitare la nonna gravemente malata. Insomma, è insolitamente impegnato.
Arriva un altro messaggio.
Infila distrattamente la mano in tasca.
Sul *monitor* appare un nome che lo fa leggermente sussultare: Camelia.
Legge il messaggio, che trasuda desiderio di un nuovo incontro.
Ormai il cerino è vicino, vicino, vicino...si infiamma poderosamente il suo cuore, un fuoco primordiale, un divampare incontenibile di fiamme...si sta per mettere nei casini Siddharta.
Risponde: «mi sta venendo la voglia di venire anch'io nello *squat*» ed una voce confinata alla periferia della sua coscienza gli urla: «noooooooo!» ma ormai è fatta.
Siddharta, più buddico di un tempo, non smania per avere subito una risposta. Cammina tranquillo per le strade caotiche della città, ben sapendo che ci sarà una fisiologica gestazione.
La risposta arriva l'indomani, nel tardo pomeriggio.
Altro messaggio di Camelia: «mi fa piacere se vieni ma, per

cortesia, non ci provare con me!».

Siddharta legge il messaggio, ridacchia sotto i baffi, va sull'opzione "usa numero" e chiama.

Risponde quasi subito Camelia. È allegra, aperta.

È grossomodo pronta ad accoglierlo e lui, temerario, alle cinque del mattino del giorno seguente giunge allo *squat* di campagna.

Lì trova una vecchia conoscenza a tagliare la legna al lume di candela.

Chiede subito di Camelia.

La vorrebbe raggiungere nel suo letto (vecchia mutanda!); perché lasciare spazio ad inutili ed ampollosi preamboli? Aspetterà però. Nello *squat* non c'è la luce elettrica, in diverse stanze del casale i letti sono affiancati l'uno all'altro e pensa che potrebbe essere poco agevole, che potrebbe sbagliare letto o dare fuoco ai capelli di qualcuno avvicinando la fiamma di una candela per verificare se il viso è quello giusto.

Dorme dunque in macchina ripetendosi tra sé, a mo' di *mantra*, con chiare radici nella Baghavad Gita: «tieni a freno i cavalli focosi, Arjuna!».

Alle prime luci dell'alba Camelia esce a fare pipì (non c'è neanche il bagno nello *squat*) e ad intridere preliminarmente di selvatico la sua desiderabile fichetta.

Vede la macchina di Siddharta, si avvicina, lo trova con gli occhi aperti sdraiato sul sedile reclinato, coperto dal proprio giubbotto peloso.

Lui dormiva beato ma come Camelia è uscita dal casale ha avuto un sussulto.

Si è dunque alzato leggermente sul sedile, l'ha vista ma poi si è subito ridisteso, disponendosi ad ostentare controllo.

Camelia apre lo sportello posteriore con decisione.

Trasuda desiderio di un saluto più che affettuoso.

Gli prende un lato del viso e lo gira verso di sé.

Lo bacia più volte sulla bocca: «ciao, ben arrivato, benvenuto».

È un incontro tenero, sensuale.

Siddharta, rintronato dal sonno, risente divampare il fuoco nel suo cuore e in tutto il suo essere ma torna presto a dormire, rasserenato dal suo personale *mantra*: «tieni a freno i cavalli focosi, Arjuna!».

Si sveglia a metà mattinata, esce sull'aia del casale, si avvia verso un tavolo dove siedono 5 o 6 *squatters* e Camelia.

I suoi occhi celesti, i capelli ramati illuminano sommessamente la desolazione materiale del luogo.

Si trovano presto a passeggiare insieme, per le stradine dissestate, alberate e silenziose dei dintorni.

Siddharta non resiste neanche due secondi. Le prende subito il viso tra le mani.

La pelle delle sue guance è morbida e rosata. Sembra quella di una bambina.

È fresca e non ha mai conosciuto sofisticazioni di nessun tipo.

«Quanto sei bella», le fa, «sei meravigliosa, Camelia!».

Lei combatte tra un'esplicita voglia di abbandonarsi alle sue moine, ai suoi abbracci e, appena dopo, alla sua lingua che sfonda la resistenza dei denti ed inizia a giocare con la sua e la risoluzione a non andare oltre.

Riesce a contenere la passione di Siddharta, che non fa che carezzarla, baciarla, riempirla di parole tenere e audaci.

Lei si fa intridere del suo amore ma non si abbandona.

Siddharta si perde liquido seminale nelle mutande ed è preoccupato per le sbavature disseccate che ci resteranno.

Presto si sdraiano sotto alcuni alberi.

Siddharta insinua una mano sotto la sua maglietta ben sapendo che Camelia, in questi contesti, fa volentieri a meno del reggiseno.

Riprende contatto con la pelle fresca delle sue mammelle prosperose ma lei lo ferma: «no, dai, non andare oltre, ti prego!».

Lui di fronte a questa richiesta gentile si mette manzo ma poco dopo è di nuovo all'attacco.

Porta avanti un lavoro combinato: discorsi di profondo coinvolgimento sentimentale e mani che, subdole, indugiano sulla pancia morbida di Camelia per poi, piano piano, salire per carezze fugaci, che non le danno neanche il tempo di prendere le opportune precauzioni.

Lui sa di avere nell'inconscio di Camelia un valido alleato.

Lei vorrebbe che si mantenessero un minimo le distanze ma continua a farsi strapazzare.

Le sue difese gradualmente si abbassano e la lingua di Siddharta riesce presto a giocare amorevolmente con la sua.

Nello *squat*, intanto, bambini seminudi con una tavolozza di macchie di sugo sulla maglietta e nasi calanti una variegata viscoseria, giocano accucciati nell'aia di fango compatto e comodamente calpestabile.

Uno fa pure la cacca tra i ciuffi d'erba, che segnano un limite assolutamente valicabile tra l'aia ed il selvatico.

Poco distante, malamente montata sulla parete esterna del casale, una vecchia doccia butta mogi fili d'acqua sul corpo d'un barbuto corpulento e un po' su di peso.

Sulle scale, appena di fianco, è un vivace andirivieni di vestiti animati e lisi, con una patina di lurido discreto e colori che, da tempo, hanno smorzato la loro vivacità.

Una ragazza si spazzola vigorosamente i denti scendendo e risalendo le scale mentre un cane incredibilmente bastardo, placidamente accucciato, con un orecchio diritto e l'altro pateticamente ripiegato, osserva il colorato traffico tardo-pomeridiano.

Si fanno conserve di frutta quella sera, con pentoloni da streghe a bollire su un fuoco esterno.

Siddharta si sistema su di un soppalco macilento in cui può muoversi solo accucciato. Ci trova un materasso vecchio, decisamente poco invitante.

Con disinvoltura da vagabondo consumato ci sistema il proprio, vissuto, sacco a pelo.

Camelia sale da lui quella notte e sono baci, carezze tenere e ancora liquido seminale in dispersione ma nulla di più.

L'indomani Siddharta sega legna su legna, forse per canalizzare un'energia inespressa nel corso della notte.

Poco dopo sono ancora a passeggiare con Camelia.

Lui fa commenti sul caotico *squat* ma lei gli si fa troppo vicina, gli struscia il viso sulla manica della maglietta.

Si fermano, si tengono per le braccia uno di fronte all'altra e gli occhioni celesti penetrano Siddharta risvegliando in lui un amore antico, forse di passate esistenze (anche gli alibi esoterici, adesso) ed i visi si avvicinano e si baciano teneramente.

Si sdraiano al solito posto ed iniziano a parlare di loro, di cosa non abbia funzionato nel loro rapporto e perché (l'intimismo dialogico tende a farla da padrone in questa storia).

Il discorso si fa coinvolgente anche se Camelia ce la mette tutta per tentare di non eccitare ulteriormente Siddharta, che butta fiotti di fumo nero dalle narici dilatate. Decidono di lasciare lo *squat* per la serata, di andare in una città vicina e nell'intimità di un cinema.

In macchina ascoltano musica suadente che Siddharta ha scelto non a caso. Parcheggiano e si trattengono un po' nell'abitacolo a parlare.

Camelia sostiene di non essere stata capita, di aver sofferto molto dopo essere stata lasciata.

«Io, io», inizia, «sono caduta in depressione, pensavo tra me: ho investito tutto su quest'uomo ed ora...forse non ne troverò un altro, resterò sola, non avrò più figli».

Siddharta è commosso, lacrimoni caldi scendono lungo le sue guance: «mai, mai ti avrei lasciato Camelia. Perché mi hai reso la vita così difficile, perché quando ti cercavo non c'eri mai, sempre dietro ai tuoi amici militanti, perché in alcune occasioni sembrava proprio che mi dovessi fare ingelosire? Quanto ti ho amato Camelia e quanto ti amo ancora» e la sua lingua non trova ostacoli e la fusione cerca di essere totale.

Camelia propone di andare in un agriturismo, passare la nottata insieme.

Siddharta naturalmente accetta ma non riesce a nascondersi una leggera inquietudine. Vorranno davvero ricominciare? E Nicholas? Escono e camminano verso il cinema come due fidanzati più che collaudati.

Subentra, però, una certa difficoltà a comunicare.

Non riescono a dirsi molto.

Tacciono entrambi, ascoltando i moti dell'animo.

Siddharta sente improvvisamente una quasi estraneità per questa donna.

Gli sembra quasi di dover cominciare ora una storia d'amore e di essere preso da confuse e non verbalizzabili perplessità.

Vedono un bel film quella sera, d'amore e tornano, alle prime ore del giorno successivo, nello *squat* di campagna.

Pensano non sia ancora il caso di passare la nottata insieme, che già si è smosso troppo al loro interno (qualcuno si starà legittimamente chiedendo quando si decideranno a chiavare questi due...).

Amoreggiano in macchina, di fianco al precario casale.

Camelia ha le mestruazioni stranamente in anticipo di una settimana, forse in virtù dell'impegnativo incontro ma ugualmente Siddharta tenta, con la mano, l'assalto sotto le mutandine.

«Fermo», gli fa Camelia, «ti sporchi tutto e mi sporchi la maglietta».

«Non me ne frega un cazzo, me lo ciuccio il dito!» risponde infoiato ma lei riesce, pur con difficoltà, a contenere il suo impeto.

Per compensare inizia a toccarlo sulla patta dei pantaloni.

«Andiamo nella *suite*», propone Siddharta, alludendo naturalmente al soppalco sgarrupato.

Lei ride: «dai, se vengo su finiamo a far l'amore!».

«Appunto!» risponde Siddharta in una spessa nube di fumo nero.

«Non me la sento, non ancora».

Il giorno dopo si sveglia eccitato mentalmente il nostro, al punto da non ricordarsi nemmeno che potrebbe ricorrere alla recitazione sedativa del suo *mantra* personale: «tieni a freno i cavalli focosi, Arjuna!».

Pensa: «voglio che questa donna sia la madre dei miei figli, la voglio al mio fianco tutta la vita» (è partito!).

Taglia un altro quantitativo spropositato di legna ed il pomeriggio sono di nuovo a passeggiare per le stradine dissestate.

Si sdraiano nel solito posto, che reca ormai la loro impronta bruciacchiata.

Si baciano.

Ormai Siddharta ha libero accesso alle mammelle prosperose, con il capezzolo turgido ed i rilievi induriti della base rosata.

Lei freme, più di quando stavano insieme e gira il viso, poggiato sull'erba con i capelli ramati e poderosi ammatassati ordinatamente di dietro, dall'altra parte rispetto a quello di Siddharta.

Lui le fa sentire il membro indurito sulle gambe, lei freme ancora e gira il suo viso verso quello del compagno e le bocche trovano un perfetto incastro un po' insalivato.

«Ti amo, Camelia» e l'illusione del corpo di Siddharta non può porre alcun argine al fuoriuscire delle parole: «voglio che tu sia la madre dei miei figli, ti voglio affianco tutta la vita, non partire, non andare in Inghilterra, restiamo qui, mettiamo i nostri pochi averi in comune. Ho capito che non posso vivere solo per me stesso, voglio vivere per te e per i bambini».

Camelia lo scruta con gli occhioni celesti, dove i riverberi del sole esaltano le sfumature delle iridi, che hanno quasi inghiottito le pupille.

«Sei sicuro?», gli chiede ragionevolmente.

«Quando stavamo insieme ti ho detto più volte: se vuoi ti sposo e non l'avevo mai detto a nessuna donna».

Piange ancora Siddharta.

Emozioni incontenibili fluiscono con lacrime grassocce che si asciugano quasi subito ai raggi del sole, lasciando una eco chiaramente salina.

Camelia, naturalmente, non può rispondere, la proposta è impegnativa.

Nel corso della giornata i due tornano ad essere gli amanti di un tempo.

La figura di Nicholas svapora momentaneamente all'orizzonte.

Camelia inizia a rivolgersi nuovamente a Siddharta utilizzando parole tenere.

Entrambi, tuttavia, sanno che non sarà una cosa duratura.

Quella notte condividono un'esperienza piuttosto forte: assistere una persona che, da alcuni giorni, è entrata in uno stato di pura follia.

Non parla quasi per niente, lo si deve imboccare, si fa i bisogni addosso ed ogni tanto delira confusamente di catastrofi nucleari.

Non riesce neanche a dormire e passa generalmente la notte buttato su di una poltrona, vicino al camino e a qualcuno che gli faccia assistenza.

Questa volta tocca proprio a loro.

Siddharta si cura di mantenere vivace il fuoco.

Gerolamo, l'assistito, ha lo sguardo fisso sulle fiamme.

A volte i suoi occhi si sgranano e vi si intuisce una eco di terrore, altre volte sono semplicemente assenti.

Alle prime ore del giorno inizia a soffiare dal naso, forte, sempre più forte e Camelia teme che abbia problemi respiratori.

«Non ti preoccupare», le fa Siddharta che aveva lavorato un periodo con pazienti psichiatrici.

Si avvicina a Gerolamo, lo guarda fisso con dolcezza.

Gerolamo gli prende la mano, la stringe in una morsa moderatamente disperata.

Continua a soffiare, iniziano ad uscire versi dalla sua bocca e poi leggere urla ed urla più forti.

Inarca un po' il busto sulla poltrona, si ributta giù e soffia e urla e sbatte la testa contro il cuscino.

Siddharta, impassibile, continua a tenergli la mano e Gerolamo attiva anche l'altra, sperimentando più prese su quella di Siddharta.

Presto la lascia di scatto e, dopo aver inarcato ancora il busto, si lascia scivolare da un lato. Quasi metà del suo corpo sporge dalla poltrona, il braccio penzola inerte.

Il suo sguardo non c'è più e gli occhi si socchiudono.

Il suo viso esprime un dolore senza tempo, un baratro assoluto; sembra sia stato appena deposto da una croce virtuale.

La follia, l'amore, l'utopia: tutto in una stanza di suppellettili frugali, alla luce di alcune candele ed al guizzare della fiamma di un camino.

Deve andare in bagno Siddharta.

Esce e si avvicina allo spazio delle zappe.

Ne prende una, riempie una bottiglia di acqua e si avvia verso i vecchi castagni.

La nebbia spande goccioline bagnate sulla sua faccia.

Inizia a scavare una piccola buca mentre lo scuro del cielo volge, timidamente, al rosa

Si accuccia, evacua e poi si lava, ancora accucciato, con l'acqua della bottiglia. Mentre ridistribuisce la terra al suo posto pensa a Gerolamo, con la testa e parte del busto sporti inerti dal bracciolo della poltrona, il braccio penzoloni.

Sente farsi strada in lui il pensiero che vivere possa ridursi ad una *performance* senza senso, una giostra diretta da una natura matrigna, un gioco insensato e perverso che naufraghi in un inimmaginabile nulla e che forse Gerolamo possa aver toccato questo tragico apice di consapevolezza.

Entra in crisi di senso Siddharta e si sofferma sull'intensificarsi delle luci rosate dell'alba.

Si affaccia alla sua mente la scena di un paio di giorni prima, quando sorprese Camelia accucciata di spalle sotto lo stesso castagno.

Lui iniziò a giocare con la bizzarria della situazione, ad ostentare assoluta naturalezza.

Lei avrebbe voluto un po' di *privacy* e lui le diceva sornione: «allora vuoi che me ne vada?!».

«No, tranquillo, stai pure» e con rapidi gesti efficaci, il profilo destro rivolto nella direzione di Siddharta, mentre versava l'acqua con una mano, si sciacquettava, con l'altra, il culetto color madreperla.

Sorride Siddharta all'incedere dell'alba, pensa di rientrare da Camelia e Gerolamo e rimandare la ricerca di una risposta sensata al cruciale quesito esistenziale.

Di lì a poco i due sono nella *suite*, poderosamente abbracciati, a sentire fluire l'energia tra i due *chakra* cardiaci (forse ci siamo!).

In quelle situazioni Siddharta finisce in uno dei suoi stati semialterati, tra veglia e sogno e la sintonia tra di loro si rafforza, sino a sentirsi quasi un unico corpo.

La sera stessa decidono di dormire insieme e le bocche trovano ancora un perfetto incastro un po' insalivato.

Siddharta stimola l'orecchio di Camelia con la lingua, sfiora più volte con i polpastrelli la sua schiena, inducendole fremiti quasi incontenibili.

Gioca a lungo, sensuale e delicato, con i suoi capezzoli turgidi per tentare ancora l'assalto sotto le mutandine.

Camelia, ancora un po' bloccata, prende l'indice di Siddharta con le dita, inondandolo con l'emanazione calda della sua mano.

Inizia a sfregarlo energicamente sulla clitoride.

Sussulta più volte con la testa, in preda ad un incontenibile piacere.

Siddharta le prende, a sua volta, la mano, accompagnandola ad impugnare il membro inturgidito.

Si toccano reciprocamente. Per poco, perché presto Siddharta le chiede esplicitamente: «fammi entrare dentro di te!».

«Vieni!».

Siddharta entra da un varco tra le mutandine imbottite di assorbente.

Il calore bagnato della vagina lo riporta indietro di mesi.

Sta realizzando un desiderio che lo ossessiona da troppo tempo.

Entra fino alla radice e lei lo agevola, spingendo con il bacino verso l'esterno.

Si ferma Siddharta e l'atletico corpo di Camelia si inarca e si distende, si inarca e si distende e lui le massaggia il seno morbido, si estasia della sua pelle rosata.

Ha un orgasmo Camelia e si ferma.

Lui rimane dentro di lei.

Poco dopo ricominciano a compenetrarsi.

Siddharta annusa il proprio indice e ritrova l'afrore vaginale, cui era morbosamente legato, con una modesta eco di odore di sangue.

Lei riprende a basculare.

Lui la agevola con spinte leggere.

Il soppalco macilento lascia andare qualche rumore esplicito che forse rimbalza alle orecchie di alcuni *squatters* che dormono nella sala vicina ma ci sono solo loro due alla loro presenza e freme Camelia, freme e poi comprime un piccolo urlo ed è venuta ancora.

Dormono, poi, aggrovigliati, come un tempo nella micromansarda, quando le luci del giorno, entrando da una finestrella su tegole antiche, facevano risplendere i loro corpi nudi, intrecciati tra le lenzuola.

Parla un po' nel sonno Camelia e Siddharta bacia delicatamente le sue guance appena paffute, le sue palpebre di tenera pelle ripiegata.

Poco dopo si assopisce e, nel dormiveglia, crede di essere nella sua casa nel piccolo borgo.

Ha un sussulto di risveglio, di quelli che aveva mesi prima alle prime luci del giorno, quando sobbalzava dal sonno con un unico, disperante pensiero: Camelia.

Ora ha un sussulto simile ma più pacato e trova Camelia al suo fianco.

Incede la giornata.

Nello *squat* sono tutti, prudentemente, attivi.

Le scale del casale vengono percorse e ripercorse da bambini ancora mocciolosi ed adulti vocianti.

Camelia schiude gli occhioni, rivelando il suo sguardo cerbiatto e celeste, si mette indosso una vestarella e scende a fare pipì.

Siddharta resta pacioso nel letto, vivendo un quasi silenzio della mente.

Poco dopo lei è di ritorno, lamenta che uno dei cani inesorabilmente bastardi le ha mandato un fiotto di pipì sulla vestarella.

Siddharta non riesce ad esserne turbato, taglia la testa al toro spogliandola nuovamente.

Le penetra profondamente con la lingua nella bocca, riprende a massaggiarle vigorosamente il seno, le passa una mano sulla schiena e, questa volta, entra nelle sue mutandine da dietro.

Indugia un poco sul suo buchino anale e poi si allunga sulla peluria anteriore.

Sente la carnosità delle labbra vaginali e, all'altezza della clitoride, un splendida e fluida viscosità.

Gode subito Camelia.

Sotto il soppalco, intanto, qualcuno ha portato una vecchia macchina fotocopiatrice.

Si sente anche nominare Camelia, che aveva richiesto le fotocopie di alcuni documenti.

Un paio di *squatters* commentano il fatto che non si sappia, in quel momento, dove sia mentre iniziano a fotocopiare.

Due metri più su Siddharta, in quella calda desolazione materiale, entra ancora dentro di lei come in un sacrario senza pompa, in un giardino paradiso e ancora una volta si perde, come un bambino, come un Adamo preservato dalla caduta, nel suo giardino dell'Eden.

Parte seconda

Siddharta approda in India per ritrovare se stesso

Dopo i giorni trascorsi nello *squat* di campagna, Siddharta torna nella sua tana di paese con venature di soddisfazione nell'anima.

Ha ripreso contatto con il corpo di Camelia e questo lo ha senz'altro gratificato.

Non solo, ha fatto una rimonta decisamente insperata, mangiando la terra sotto i piedi di Nicholas ma la sua condizione complessiva non è cambiata.

Camelia parte qualche giorno dopo il loro ultimo incontro per l'Inghilterra e Siddharta si sente quasi alleggerito.

L'oggetto della sua ossessione si allontana così che lui possa finalmente dedicarsi al suo vero problema: se stesso.

Siddharta non è soddisfatto di come sta procedendo il suo lavoro.

Le commissioni si diradano; non sarebbe in grado di sopravvivere con i soli soldi delle traduzioni.

All'università è ormai troppo indietro e sta iniziando seriamente a pensare di ritirarsi.

La tana di paese è troppo ruspante e lui vorrebbe vivere altrove ma non sa davvero dove.

I soldi stessi, con il diradarsi delle commissioni per le traduzioni, iniziano quasi a scarseggiare.

Il nostro uomo, tuttavia, ha sempre qualche piccolo asso nella manica.

Recupera un vecchio indirizzo e-mail, di una persona conosciuta anni addietro che vive e lavora, da molto tempo, in India.

«Se vado in India o mi perdo del tutto o riesco ad innestare un processo di ripresa», pensa tra sé.

Detto-fatto e, nel giro di un mese, porta la sua solitudine, la sua sorniona disperazione a Varanasi, un tempo Kashi, la città santa degli hindu, dove in tanti sperano, da tempi immemori, di morire per l'ultima volta.

A Varanasi si sente subito a casa e la sua casa è una camera in un palazzo dei primi del novecento nel centro storico, a due passi dal Gange.

Il palazzo è del suo conoscente che si è messo a fare il pensionante.

Il caos della città — che conferma tutti gli stereotipi sull'India: sovrappopolazione, strade congestionate da rikshaw-vecchia ferraglia a pedali, sporcizia, un ricco menù di puzze, mucche ovunque, accattoni, dita mangiate dalla lebbra — riflette, in modo confuso, i suoi tumulti interiori e forse il fatto che abbia un proprio senso, una pregnanza, addirittura una profonda sacralità conforta il suo animo scombussolato.

Siddharta acquisisce un'andatura molleggiata, ogni tanto scivola su qualche buatta di mucca ossuta e si gode il sovrapporsi delle epoche nei vicoli e sui *ghats* sul Gange.

In certi momenti gli sembra di passeggiare nei bassifondi della Roma imperiale, con l'acre odore di urina o nella Gerusalemme di Giovanni Battista e di Gesù.

A Varanasi inizia a praticare regolarmente *yoga* con una maestra un po' altera ed invasata, shivaita di casta bramina.

Si rivela presto una persona splendida, luminosa.

Tenta di attaccarsi alla sua energia come ad una remota ancora di salvezza.

Si rende conto, infatti, della grave precarietà del suo equilibrio interiore. Basta poco a farlo vacillare.

Ha bisogno di rinforzarsi e lo *yoga* e la potenza della sua maestra si rivelano presto due veicoli efficaci.

Il suo corpo, in principio, è particolarmente rigido e pieno di tossine.

Il ventre è gonfio, i muscoli un po' anchilosati.

Surya lo fa stirare, allungare, gli fa fare *asana* acrobatiche ed audaci, inspirare luce ed espirare liquami ed il suo corpo, presto, reagisce.

Il naso ed i bronchi iniziano a secernere un muco violaceo o di colore giallo deciso; a volte nero-petrolio.

La disintossicazione avanza, il corpo si ammorbidisce, inizia a poter sedere quasi comodamente nella posizione dei *sadhu* e, soprattutto, sente gradualmente dissolversi l'ingombro del passato.

La strada è lunga e accidentata, pensa tra sé, sicuro, tuttavia, che prima o poi riuscirà a percorrerla fino in fondo.

Inizia a porsi le domande giuste, a conoscere meglio i suoi difetti mentali: l'ansia, la paura, un'assenza quasi permanente di volontà.

Nella sua situazione non c'è troppo da stare allegri — anche se, di base, il suo forse privilegio sta nel potersi permettere la propria inquietudine — ma sa bene che il fatto stesso di consapevolizzare anche ferocemente i propri limiti segna l'avanzare della guarigione.

Siddharta vorrebbe iniziare a sentire qualcosa sotto i suoi piedi e invece ha quasi solo aria.

Non ha quasi un lavoro, non ha quasi una casa, non ha una donna, non sa dove vuole vivere e quando si sfilacciano i veli della sua angoscia si disimpegna in un groviglio di vicoli puzzolenti e degradati fino a scendere le vertiginose scalinate che portano al Gange.

Sulla riva del più sacro dei fiumi indiani siede quasi acquietato, lo sguardo sulla variopinta umanità e animalità. Gradualmente un profondo sollievo trova lo spazio per nidificare nel suo essere.

Vede i varanasini fare nel fiume quasi tutto il fattibile: lavarsi il corpo, i capelli, i denti, i vestiti, le pentole, fare gesti rituali, sguazzare nelle acque torbide e limacciose.

Sui camminatoi, a margine dell'acqua, si gode l'andirivieni di venditori di *chai* o noccioline o cartoline, di guide turistiche all'arrembaggio, incantatori di serpenti, cani, capre, maiali, mucche ossute, bufali — ogni tanto intravede anche qualche scimmia, che si riposiziona presto sui rami di alberi sacri. —

Vede bambini giocare vocianti a *cricket* con mazze rozze e poverissime o mandare per il cielo aquiloni di tenera *naiveté*, di carta e stecche sottili di legno di recupero.

Vede *sadhu* davanti ai loro *dhuni*, con grossi ceppi da cui promanano fiammelle languide, *baba* vestiti in arancione ed i morti, infagottati e riposti su lettighe di bambù, pronti per la cremazione.

Ogni tanto passa pomeriggi interi ad osservare uomini predisporre le pire con gesti sapienti, antichi di millenni, per liberare dall'ingombro del corpo l'anima di cadaveri ancora caldi.

Morire a Varanasi è, notoriamente, un grande privilegio; libera dal lungo ciclo di nascite, morti e rinascite.

L'anima si alza rapida dalle ceneri del corpo e quale sia il suo destino non è dato, fino in fondo, di sapere.

Siddharta indugia nel *ghat* della cremazione come davanti ad una dogana tra le dimensioni del conosciuto e di quanto rappresenta, da sempre, un inquietante e forse sublime mistero.

Riflette lungamente sulla frase di Schopenauer (notoriamente un ottimistone): «ogni uomo è un condannato a morte che non conosce il giorno della propria esecuzione».

Nel contempo sorprende due gambe, di colore scuro, sporgere dalla pira di fiamme guizzanti — la parte sopra il ginocchio ormai carbonizzata — in attesa di essere ridotte a cenere.

Ma a Varanasi la morte perde il suo alone tragico. Viene bruciata sul fiume mentre nel cielo fluttuano i rombi di carta colorata ed i bambini li direzionano a due passi dalle pire.

Nei loro volti irradia una gioia primordiale mentre cani malandati e particolarmente cauti frugano tra le rimanenze di fuochi estinti, in cerca di ossa umane.

Sulle acque trascorrono barche e barcaioli indolenti ed ogni cosa, nel microcosmo del fiume sacro, sospeso al di là di ogni usuale coordinata temporale, vibra della stessa, indecifrabile armonia.

Relativizza dunque il suo malessere esistenziale, Siddharta.

Inizia a sentire quanto già vivere, esserci, possa essere un grande privilegio.

Si incammina dunque silenzioso verso casa, con scarpe aperte in stile sfacciatamente orientale, per una cena di poche pretese.

Siddharta si dà al massaggio ayurvedico e conosce Daddy

La rigidità del suo corpo spinge Siddharta, un po' maliziosamente in verità, a rivolgersi ad una massaggiatrice corpulenta ma poco più che ventenne.

I tratti del suo volto sono marcatamente negroidi, la pelle quasi di ebano, gli occhi "neriardenti" un po' coronati di giallo malsano.

Mentre massaggia, su di un materassino floscio, Siddharta, mastica il *pan*, rutta e ogni tanto si alza nella sua mole da lottatrice per correre alla finestra e sputare un rigagnolo rossastro.

Shruti abita al primo piano di un palazzo con scale ripidissime, scomode da morire, che hanno perso ormai da tempo il loro colore originario.

La sua casa è una stanza appena.

Ad un angolo c'è una bombola del gas su cui è montato un mono-fornello per un piatto di riso o una tazza di *chai*.

Topolini di pochi centimetri, con code lunghe e sottili, corrono di tanto in tanto lungo le pareti.

Il bagno è sul ballatoio, in comune con le altre stanze dove vivono parenti più o meno stretti in una sorta di misero clan.

Raju, il marito, entra nella stanza con solo un asciugamano fissato ai fianchi, reduce da una doccia nel cortiletto interno, per la quale si è limitato ad usare un secchio di metallo.

Shruti, in terra a gambe incrociate, usa olio ayurvedico sulla schiena di Siddharta, senza risparmio.

Nello sforzo emette un suono dal naso, impreziosito con un fiore di simil-oro di ordinaria bigiotteria.

Sembrerebbe un fremito di piacere sensuale.

Raju si veste, esce e probabilmente finirà a bivaccare nella bottega sotto casa.

Siddharta ha avuto tutto il tempo — i tempi in India sono notoriamente dilatati, non quanto quelli mitici e disarmanti dei *kalpa* e degli *yuga* o di un anno di Brahma ma senz'altro a rischio di esasperare l'occidentale medio — di assistere alla sua cena.

Questa la scena che si è profilata ai suoi occhi: Raju siede in terra e mangia con le mani riso e *dal* (un pastrocchio di lenticchie semispappolate) da un piatto di metallo.

Shruti siede sul copriletto in seta del materasso matrimoniale, a pochi centimetri di distanza.

Gli parla burberamente in hindi e lui risponde un po' beffardo e debosciato, con la bocca piena di poltiglia giallognola.

A pasto finito, si avvicina al viso della moglie, farfugliando e tentando un quasi approccio tenero per poi ruttarle, in tutta naturalezza, la cena in faccia.

Shruti, affatto turbata, gli intima animosamente di levarsi di torno; deve lavorare.

Lui ridacchia e non riesce proprio a dare l'idea (forse non è neanche nelle sue intenzioni) di essere un'aquila d'intelligenza!

Si congeda amichevolmente da Siddharta e lascia la stanza.

Nell'incedere del massaggio si scalda il corpo dell'aspirante *yogi*, soprattutto nella sua propaggine ad un palmo e mezzo dall'ombellico.

Arriva il momento che Shruti siede a gambe incrociate dietro alla sua testa.

Gli chiede di avanzare sul materassino e poggiare la faccia sui suoi polpacci nerboruti.

Siddharta obbedisce e si ritrova a pochi centimetri da una zona senz'altro erogena del corpo di Shruti.

Lei gli massaggia vigorosamente i capelli ed il cuoio capelluto, lui non regge alla tentazione di muovere un po' la testa, spingerla nella direzione del suo basso ventre.

Subito dopo indietreggia un po' per poi tornare ancora a spingere e via di questo passo, in una sorta di laborioso movimento a stantuffo.

Inizia a sospirare Shruti, fino al momento in cui non regge più.

Smette di massaggiare e Siddharta risale lungo il suo tronco con il corpo denudato ed unto di olio.

Lei gli spinge con una certa energia, da braccia negroidamente vigorose, il viso sul suo seno prominente e, quasi a mo' di alibi, riprende a massaggiargli la testa.

Gli preme la faccia un po' su di una mammella e un po' sull'altra e lui intrufola una mano sotto il reggiseno, sentendo i capezzoli turgidi ed induriti.

Lei lo abbraccia ed emette gemiti di piacere sensuale mentre lui, dolcemente insidioso, finisce a solleticarla sotto i mutandoni.

Shruti lo lascia fare, comprimendo gemiti di piacere ma poi... millenni di cultura tradizionale indiana si frappongono tra di loro come una cortina invalicabile.

Si chiude all'improvviso la massaggiatrice: «no, basta, basta così, è finito il massaggio, basta per oggi!».

Siddharta si riveste, rientra la sua fisiologica eccitazione, rivelando un rilassamento-quasi stordimento conseguente al massaggio.

Il giorno dopo è nuovamente lì ed ancora spinge la sua testa e sfrega la punta del suo naso sul basso-ventre di Shruti.

Sente un leggero odore di fogna e di degrado sulla sua veste ed ancora viene fermato. Si riveste ed esce nei vicoli poltigliosi di buatte di mucca ed acqua dai negozi e dai ristoranti sudici e spartani, sentendo nettamente che l'antica Kashi lo sta sempre più accogliendo tra le sue carni sante e malsane.

Di ritorno nel palazzo dell'amico pensionante trova spesso un altro ospite italiano dai ritmi vitali insolitamente distesi.

È lì da qualche giorno ed è parecchio più attempato di Siddharta che, difatti, lo chiama affettuosamente *Daddy*.

Daddy veste regolarmente un *pajami* (abito tradizionale indiano, del tutto assimilabile ad un nostro leggero pigiama) color zafferano e calza pianelle da doccia o sandali *indian-style*.

Anche Siddharta ha comprato una mini-serie di *pajami* e due paia di sandali *indian-style*.

Sta difatti maturando la consapevolezza che una delle cose più belle che ci si possa permettere in India è proprio starsene in pigiama e ciabatte tutto il giorno, in casa come in strada e che questo non può non agevolare un auspicato rilassamento del corpo e dell'anima.

Siddharta trova in *Daddy* un impareggiabile teorico del rilascio di ogni inutile tensione.

Daddy è un pensionato-*baby* che ama crogiolarsi in un dolce — ma religiosamente sensato — far niente, proponendo, se ispirato, un piccolo prontuario del "fancazzismo".

Le sue parole risuonano come echi di una saggezza principiale: «se ti viene voglia di lavorare, siediti e aspetta che ti passi!».

Questo naturalmente non può non solleticare l'intelletto di Siddharta a dare dei contributi.

I due passano dunque tempi "non orologiabili" a filosofare sul fatto che la vita a volte è spietatamente dura, carica di asperità ed eventi fuori-controllo che possono irrompere con la furia di un toro incazzato.

Considerano quanto possa dolorosamente incidere il fardello di sofferenza inevitabile, soffermandosi a lungo sul concetto buddista di *dukha* fino a che si viene a configurare, sostanzialmente scontata, la conclusione di *Daddy*.

Sembra quasi sprizzargli fuori giocosa dagli occhietti furbi o sgusciare birichina tra i suoi pochi denti dell'arcata superiore: «e vuoi pure lavorà?!».

Di qui finiscono ad esaltare figure come quelle degli *swami* o dei *samnyasin*, che si spostano da un *ashram* all'altro portandosi dietro la propria *sadhana* e poco più.

Sull'onda dell'entusiasmo, si ritrovano più volte a girovagare su autobus scarburati, di stravecchia lamiera rattoppata e stipati di indiani odorosi.

Fanno sosta in slarghi disastrati per sorseggiare, tra la polvere, *chai* da bicchierini monouso in plastica o terracotta o ingozzare bocconi di *somoza* o *pakora* avendo in dotazione appena le mani e piattini patetici di carta. Camminano poi lungamente sotto il sole, con le teste avvolte in *foulards* colorati. Raggiungono *ashrams* rintanati tra le colline dove meditano e mangiano su piatti di foglie accuratamente intrecciate.

Incontrano gli occhi serafici e vigorosi di anziani rinuncianti, si intrattengono senza tempo con loro, dividendo anche solo un denso silenzio per poi ritornare nell'assordante Varanasi e farsi strada tra la tanta, tanta umanità e animalità e la vecchia ferraglia a pedali e venditori di *hashish* nella complice oscurità.

Raggiungono il palazzo dell'amico pensionante e, compresi in una placida e sottile beatitudine, vanno a letto di buon ora.

Forte di questo *training*, Siddharta inizia ad accettare la diminuita mole del suo lavoro di traduttore, confortato anche dal fatto che in India le sue tasche si svuotano ad un ritmo più blando.

Continua a dedicarsi allo *yoga* con la sua maestra, beandosi della sua innocenza di bambina e del suo fascino di grande iniziata.

Surya è difatti una *yogini* a tempo pieno, quasi del tutto digiuna di sessualità, pur essendo sposata da molti anni.

Riesce a fare con il suo corpo quasi ogni cosa e questo in principio induce a Siddharta pensieri maliziosi (vecchia mutanda!) che lascia presto decantare.

Lui ha un'esplicita devozione per la sua maestra.

Decide dunque di godersi la sua poderosa bellezza con la vibrazione dei *chakra* più alti, senza indulgere a libidini telluriche.

La suoneria del cellulare di Surya è struggente e carica di nostalgia.

I suoi occhi a volte si spalancano per esprimere generosamente "l'ultraesprimibile".

La sua pelle è di velluto un po' brunito, l'anima di un candore estraneo al corrotto Occidente.

Surya offre a Siddharta qualche frammento del suo passato

indiano.

Gli racconta di un periodo di assistenza ai lebbrosi che le sarebbe costato una piaga inquietante alla base del collo; un inizio esplicito di lebbra.

Il suo maestro le avrebbe allora consigliato una specifica tecnica di *dhyana* (traducibile, un po' sommariamente, con "meditazione").

Una tecnica molto efficace, risolutrice.

Siddharta, dopo qualche tempo, ha la fortuna di conoscere questo personaggio enigmatico così spesso sulle labbra di Surya: Guru-ji.

Arriva un giorno che fuori ha appena annottato.

Bussa alla porta solcata di crepe della stanza-tugurio dove Surya insegna lo *yoga*.

Siddharta è a testa in giù e gambe in aria su un vecchio materassino sottile intriso di polvere ed acari con *bazooka* e ricoperto con un lenzuolo ingrigito e liso da lavate primitive, a risparmio di sapone.

Surya apre la porta: «Guru-ji!» esclama, spalancando i suoi occhi neri ad esprimere una gioia senza argini mondani e chinandosi sollecita a toccargli i piedi.

Lui porta la sua figura fuori del tempo profano e di tutto quanto costella il contingente nella stanza-tugurio.

Ha un vecchio *dothi* dai fianchi in giù, il *tilak* segnato in rosso sulla fronte un po' stempiata.

Ha una cinquantina d'anni Guru-ji e potrebbe essere stato appena rubato da un'antica fotografia sull'India del Settecento o del medioevo.

Siddharta torna in una posizione ordinaria, si avvicina a Guru-ji con timore reverenziale, unisce le mani davanti al petto, fa un leggero inchino con una buona naturalezza: «*namasté*».

«*Namasté*» risponde Guru-ji, inchinandosi a sua volta.

I tre siedono su due materassini e Guru-ji, con flemma da moviola, sfodera da una vecchia borsa una custodia da occhiali.

Ne preleva il contenuto e, da buon astrologo, è pronto a vaticinare.

Surya aveva preannunciato a Siddharta che prima o poi il suo maestro sarebbe arrivato e gli avrebbe dato preziosi consigli sulla sua vita scriteriata.

Siddharta gli porge la mano destra.

Lui la osserva con grande attenzione ma si sente un rumore sordo ed è subito *black-out.*

A Varanasi la luce decide, di quando in quando, di prendersi il tempo che crede per un *tea-breack.*

Dalle botteghe anguste dei vicoli e nelle strade escono dunque ogni sorta di rimedi: torce, lampade ad olio, candele, accendini con fiamma alta.

Siddharta si muove in fretta, raggiunge a tastoni quel che resta di una candela, la accende, lascia colare un po' di cera sul pavimento e ci attacca il mozzicone.

Guru-ji riprende il suo studio del palmo di Siddharta ed inizia a vaticinare in hindi.

La stanza è pregna di una magnetica tensione.

Surya siede vicino ai due e traduce in inglese.

La vita di Siddharta presto cambierà, andrà tutto per il meglio, soprattutto se lascerà affondare le proprie radici in un posto che abbia vicino il mare.

Bussano alla porta; è una dimessa ragazza indiana in un sari altrettanto dimesso.

Ha un pacchetto in mano più dimesso ancora e lo porge a Surya.

Lei lo prende senza degnarla di uno sguardo e bypassando quella che in Occidente è l'ordinaria educazione di un "grazie".

In India le gerarchie sono spietate e Siddharta aveva già avuto modo di vedere interagire Surya con l'amabile domestica della sua *guest-house.*

Era pomeriggio e lui si stava vivendo il grande privilegio di avere per un'ora circa Surya tutta per sé, al di fuori della classe di *yoga.*

Dovevano andare dall'altra parte della città e Siddharta aveva proposto di farlo via fiume.

Prima di raggiungere il Gange passano nel palazzo in cui è ospite ormai da un mese. Tenta di fare goffamente gli onori di casa, trovandosi invischiato in una situazione che non potrebbe essergli più estranea: l'interazione tra una bramina altera (questa è almeno la natura di Surya nella sua dimensione indiana) ed una *shudra*.

Siddharta si rivolge alla domestica con un tono pateticamente autorevole: «Banu, prepara un *chai* per Surya!».

Banu, la domestica, è ormai una quasi-zia per Siddharta.

I due interagiscono assolutamente alla pari, scherzano spesso e lei lo vizia in tutti i modi immaginabili: gli prepara dolci e piattini succulenti fuori programma o bussa alla sua porta nei momenti più indicati per offrirgli una tazza di *chai.*

Questo rapporto lascia trasparire chiaramente le origini europee, liberali e socialisteggianti del nostro girovago-signorino.

Banu non ha nessuna voglia di servire una bramina di passaggio in casa propria. Guarda Siddharta con tono di rimprovero: «a quest'ora niente *chai*, è finito il latte!».

Siddharta è spiazzato e Surya non può che essere scandalizzata da come procedono le cose in quella casa: «il padrone che si fa trattare così da una serva?!».

Ma, come spesso accade, in India tutto è possibile e poco dopo Banu recupera miracolosamente il latte ed il *chai* è presto fatto.

In realtà, Surya ha parlato a Banu in hindi.

Ha impartito freddamente ordini al *software* biologico della *shudra*.

A questo punto, Banu serve Surya meccanicamente, ottemperando ad un programma ineludibile impresso a fondo nel suo DNA.

Secondo un mito cosmogonico vedico, la creazione ha avuto luogo dallo smembramento del *Purusha*, il macrantropo originario: dalla sua testa hanno preso corpo i bramini, dalle sue braccia i guerrieri, dalla sua pancia i commercianti ed i ceti produttivi, dai suoi piedi i servi.

È ancora questo ad ispirare la qualità dei rapporti interumani in India, dove il mito è ancora legge, malgrado il pregevole lavoro di Gandhi e di Nehru, i sublimi versi di Tagore, i McDonald's ed i caffè trendy di Delhi, Calcutta, Bombay.

Surya e Siddharta siedono ai lati del tavolo della grande cucina.

Lei si rivolge ancora in hindi a Banu che le porta automaticamente due tazzine per versarci parte del *chai*, intollerabilmente bollente.

Banu non si affretta a servire la bramina che si è infiltrata nella sua casa ma neanche si attarda per farle dispetto ed esprimere un forse-odio con radici profonde ed antiche di decine, centinaia di generazioni.

Ora siamo di nuovo al buio, nella stanza-tugurio.

Il pacchetto dimesso offerto anche questa volta meccanicamente, senza deferenza né risentimento in una qualità tremendamente asciutta di rapporto gerarchico, contiene del povero cibo da strada: due *somoza* e due dolcetti pregni all'inverosimile di miele e rivestiti di cristalli di zucchero.

Surya non ha intenzione di toccare quel cibo che deve essere a completa disposizione di Guru-ji.

Questi guarda Siddharta con occhi un po' lessi, in cui un normale set di tensioni ed ansie occidentali non hanno mai trovato cittadinanza.

È stabilissimo nella sua posizione del loto, sembra abbia sempre vissuto seduto a quel modo, in un'assoluta aderenza con la terra.

«*Do you want?*».

Siddharta si schermisce, non riesce a lasciar andare la propria reverenzialità.

«*It is for you!*», risponde.

Interviene Surya: «prendi, Guru-ji ha piacere se mangi con

lui».

Le mani di Guru-ji spezzano a rallentatore un povero *somoza*.

Siddharta è quasi travolto dalla sacralità archetipa del gesto, al lume del misero mozzicone di candela.

Guarda Surya: «mangia anche tu, non ti far pregare» e spezza ancora in due il suo mezzo *somoza*.

Mangiano tutti e tre, con lentezza e lui sente vibrare un amore straordinariamente intenso, di natura sconosciuta per queste due persone.

Si divideranno anche i dolci, giungendo insieme sul limitare di un coma diabetico.

Guru-ji parla quietamente in hindi, si fa quasi difficoltà a percepire la sua voce.

Surya guarda Siddharta con i suoi occhi spalancati ad esprimere generosamente l'ultraesprimibile: «Guru-ji ha detto che è felice di averti conosciuto».

«Anch'io sono felice di essere stato con voi questo tempo, grazie», risponde Siddharta.

Unisce le mani all'altezza del terzo occhio in segno di ringraziamento, poi si alza, unisce nuovamente le mani nel centro del petto, fa un leggero inchino: «*namasté*».

«*Namasté*» rispondono in coro Surya e Guru-ji, facendo lo stesso gesto da seduti. Lascia la stanza-tugurio, scende le scale laide del palazzo e Surya, quando lui è nel microcortile interno, si affaccia dal basso parapetto al primo piano, appena davanti la stanza-tugurio: «Siddharta!».

«*Yes?*».

«Aspetta!» e si precipita giù per le scale, lo raggiunge in un lampo.

Lui la guarda con un'espressione interrogativa.

Lei unisce le mani nel centro del petto, fa un leggero inchino tenendo lo sguardo agganciato a quello del suo allievo: «*namasté*».

«*Namasté*» ripete Siddharta assieme al consueto gesto rituale, compiaciuto che la sua maestra si sia precipitata solo per salutarlo ancora, in uno splendido straripare di energia di vivere.

Surya scende, più tranquilla questa volta, la restante mezza rampa di scale per uscire in strada.

Un filo di corrente elettrica passa tra le due pareti del piccolo androne, poco distante da dove queste si uniscono a formare un angolo retto.

Un topo di dimensioni quasi preoccupanti — la coda lunga e rosata — ha deciso di fare l'equilibrista e avanzare, una zampa dietro l'altra, lungo il filo.

La sua *performance* quasi circense avviene nel preciso istante in cui sta passando Surya.

Siddharta vede la bestia a pochi centimetri dalla sua testa ma tutto avviene quasi in un lampo.

Prima che lui possa articolare una sillaba il topo è già dall'altra parte ed è sparito in un buco del muro.

Siddharta esce nei vicoli semibui e passeggia tra i venditori di un mercato che indugia fino a tarda sera.

Quasi tutti hanno la propria bancarella in terra, su stracci di tela grezza dove sono ammonticchiati pomodori ed ortaggi spesso striminziti.

Torna a casa con un paio di uova ed un pezzo di *paneer* per la sua cena frugale (le sue smanie da signorino viziato si sono automaticamente ridimensionate a Varanasi).

Inizia a darsi da fare vicino ai fornelli quando rientra anche *Daddy*.

I due si salutano cordialmente.

Siddharta racconta dell'esperienza con Surya e Guru-ji, di essersi profondamente emozionato solo a condividere con loro un paio di *somoza* e di dolcetti da coma diabetico.

Daddy, a questo punto, si lascia andare un po' ai ricordi: «la prima volta che venni in India, trent'anni fa, arrivai alla stazione di Delhi che era una cosa...100 volte peggio di oggi. In terra c'erano sputi rossi ovunque, da non poter camminare, non c'era un centimetro libero. Io allora non sapevo che gli indiani masticano il *pan* tutto il tempo, che stimola loro la salivazione e dunque sputano ovunque rigagnoli che sembrano sanguinolenti. Pensavo fossero tutti tisici e ho avuto paura, poi ho deciso di affidarmi e pensare: sia di me quello che deve essere e, poco dopo, ho scoperto che mi ero preoccupato inutilmente. Arrivai presto a Varanasi. In Italia, prima di partire, un amico che era già venuto in India e si era perso per due anni mi aveva detto: lì incontrerai sguardi di una misteriosa purezza, una purezza che, in principio, ti farà sentire sporco ma tu lascia passare i giorni e, piano piano, inizierai quasi a poterti specchiare tra le sfumature scure di quegli occhi ed allora avrai ritrovato la tua di purezza. È stato proprio così! L'India è un cuore di silenzio in un guscio di caos e di delirio, quest'India così putrida e cruda, brutalmente e fascinosamente incomprensibile a noi europei, questa madre spesso così amorevole e, a volte, così spietata. È l'India, fratello, Surya non può che incarnarne la travolgente bellezza.

È una *yogini* di una città santa, non te lo dimenticare. Goditi le tue emozioni, lasciale fluire, assaporale fino in fondo e portale con te, sulla via del ritorno».

«Sì, hai ragione», risponde Siddharta, «sai, stando qui mi sto rendendo conto quanto l'India sia profondamente femmina. La forma, del resto, è inequivocabile, è una grande *yoni* e dunque è, allo stesso tempo, madre amorevole ed amante sublime ma anche strega e vecchia megera».

«Non so, ho la sensazione», continua Siddharta, «che questo sia un paese in cui sono tutti maggiormente memori di se stessi, un posto dove è più vivo il ricordo di quello che realmente siamo. In Occidente sembra invece che tutti si siano dimenticati di sé e chi ne ha appena una vaghissima idea finisce per diventare un cieco che guida altri ciechi. Mi riesce difficile esprimere chiaramente questo concetto ma credo davvero che qui sia alquanto viva la memoria di una verità oltre lo spazio-tempo».

«È quella che gli indiani hanno sempre chiamato *Sanatana Dharma*», rincalza *Daddy*, «*la legge eterna* anche se legge è un concetto troppo giuridico e la parola sanscrita *dharma* può avere molte traduzioni».

In risposta, Siddharta decide di sfoderare la sua modesta eredità universitaria: «la radice sanscrita *dhr* è la stessa del latino *firmus*.

Il *dharma* è dunque ciò che è immutabilmente fermo mentre, nel contingente, tutto si muove. È il pilastro ontologico del nostro vivere, su cui si incardina la realtà spazio-temporale. Quando si è in profonda meditazione se ne coglie la fragranza, sentendo che siamo tutt'uno con quel pilastro e che non ha senso preoccuparsi di strappare la vita brandello su brandello perché siamo già la vita stessa, nella sua totalità».

«E tuttavia», si fa severo *Daddy*, «continuiamo ad arrancare tra le nostre banali identificazioni, schiavi della nostra sensorialità e delle nostre emozioni di superficie; tu stesso sei venuto qui perché non ce la facevi più con la tua ex donna, chi era? Coppelia, Rosalia...».

«Camelia».

«Camelia, giusto, quando eri disperato per Camelia non ti ricordavi che siamo la vita stessa nella sua totalità e di tutte le masturbazioni mentali che ci stiamo facendo questa sera, forse perché inevitabilmente avvolti nell'intelaiatura mitica di questa città».

«Sì», risponde Siddharta, «mi rendo conto di quanto la mia sofferenza fosse il frutto di un attaccamento materiale a sensazioni, emozioni che però, in altra forma, sono ovunque, anche questa sera che me la sto a menare con un lavoratore instancabile come te».

Ridono.

Nel frattempo la cena frugale è stata consumata.

Siddharta si accende un *bidi* e *Daddy* lascia andare attorno lo sguardo implacidito da anni e anni di pratica yogica.

È questa l'ultima serata che trascorrono insieme.

Domani Siddharta partirà, di buon ora, per Bodhgaya dove Buddha — 2500 anni or sono — raggiunse l'illuminazione.

Sono passate le nove e dunque, per *Daddy*, è ora di andare a dormire.

Abbandona la sua mezza posizione del loto sulla sedia.

Si alza e si avvicina a Siddharta: «ti auguro buon viaggio, abbi cura di te!».

I due si danno la mano evitando sbavature e convenevoli.

«Grazie», risponde semplicemente Siddharta, «fai altrettanto anche tu: *om namah shivaya*!».

«*Om namah shivaya* fratello, buona notte!».

Siddharta medita sotto l'albero della bodhi.

Siddharta si sveglia con le luci rosa-pastello dell'alba.

Da fuori arriva, un po' smorzata, la salmodia mattutina di un tempio.

Dopo poco è in strada, su di un *tuk tuk*, alla volta di Moghul Serai, a quasi venti chilometri da Varanasi.

Da lì partirà il suo treno per Gaya.

Il tragitto da Varanasi a Moghul Serai non è dei più accattivanti per lo sguardo.

Il *tuk tuk* si ritrova ad ansimare su una collinetta-immondezzaio, un grande ed ondulato *pot-pourri* di buste di plastica, vecchi sanitari, rottami di auto, qualunque cosa mentre povere figure, celate da stracci luridi, frugano nella vasta, maleodorante desolazione.

«Che posticino ameno!» pensa, amareggiato, Siddharta.

Gli è comprensibilmente difficile accettare l'India di queste dimensioni così brutalmente post-atomiche, che condanna senz'appello milioni di persone ad esistenze semplicemente disperate.

Arriva alla stazione attraversando il solito caos di mucche, mercati, strade dove risuonano incessantemente clacson a varie tonalità e dove l'aria si ispessisce del grigiore inquietante di combustibili di scarto.

Dopo circa quattro ore di treno è finalmente a Gaya, nel Bihar, lo stato più povero e malfamato dell'India. Di lì, con mezzora di *tuk tuk*, è a Bodhgaya, la più importante meta di pellegrinaggio buddista, dove sono spuntati come funghi, pur con sobria discrezione, templi e monasteri, alberghi e ristoranti.

Siddharta ha prenotato per due notti in un monastero tibetano e, depositati i bagagli nella camera austera, è subito al

Mahabodhi Temple, il "tempio della grande comprensione".

Questo si sviluppa tutto attorno all'albero sotto il quale Shakyamuni conobbe l'esperienza del risveglio, caddero gli strati grossolani del suo essere che ridivenne puro *dharma*.

L'albero, naturalmente, non è lo stesso che ospitò ai suoi piedi il principe-asceta ma ne è un diretto discendente.

Siddharta sente ravvivata in sé la fiammella della propria solitudine.

A dispetto del proprio nome, si sente sempre solo in contesto buddista, riconsegnato improvvisamente a se stesso, tra le sue vuote stanze, di umido e malsano abbandono.

I monaci ed i meditatori che vede attorno a lui non si abbandonano se non a scambi meramente funzionali, completamente compresi nella propria impresa improba di liberarsi dalla vita.

Questo angoscia Siddharta che non riesce a non pensare allo straripare generoso di energia di Surya ed alle parole di Guruji — «sono felice di averti conosciuto» — ed al loro amore, offerto semplicemente in dono.

Nel giardino del *Mahabodhi Temple*, irto di *stupa* di dimensioni variabili, incontra anche molti tibetani, i capelli lanuginosi, i vestiti assurdamente pesanti per il clima indiano e tutti con lo stesso, greve odore di latte addosso.

Il giardino è cinto da mura alte un paio di metri e ricche di lunghe insenature.

Tra queste si protendono in più punti mani scure, spesso deformate dall'artrosi, a tenere ciotole di metallo che si agitano sollecite al passaggio di monaci e pellegrini.

Molti monaci quasi le sfiorano con la loro tonaca ma nessuno si sofferma ad attenuare, pur momentaneamente, quella somma disperazione, neanche con un semplice sguardo di compassione.

Sono in corsa per l'estinzione e per la fame e la sofferenza altrui non c'è, semplicemente, tempo e poi…ad ognuno il proprio *karma*!

All'interno delle mura rosate si ricerca ossessivamente, forse frigidamente il salto nel *nirvana*, fuori gira spietatamente, più spietatamente che altrove, la ruota del *samsara* e Siddharta si ritrova a pensare, forse incapace di tenere a freno la propria emotività, quanto valgano poco certe chiacchiere sui *bodhisattva*.

A Bodhgaya capita che i monasteri — che probabilmente potrebbero aiutare di più i poveri dell'area più povera di uno degli stati con più poveri al mondo — facciano concorrenza ai mendicanti con le loro continue richieste di donazioni.

Siddharta, difatti, prima di entrare al *Mahabodhi Temple*, aveva incontrato un gruppetto di monaci tibetani.

Uno di loro gli si era avvicinato, con modi viscidi da prete: «*do you speack english*?».

«*Yes*!» aveva risposto e si era subito ritrovato in mano un foglio stampato, messo al sicuro nella plastica pressata.

Mentre leggeva, il monaco emetteva dei borbottii mantrici.

Naturalmente si ritrovò alle prese con una richiesta di soldi: mille, duemila rupie per restaurare le statue del loro monastero.

I più generosi benefattori, leggeva, sarebbero stati ricompensati con la menzione del proprio nome ai piedi delle statue restaurate (questo, beninteso, per scoraggiare qualunque pulsione egoica!).

Mentre lui quasi se la ridacchiava sotto i baffi, l'aria iniziava ad essere rotta da un sordo suono metallico.

Un bambino si trascinava sdraiato sulla strada

Aveva le gambe filiformi e del tutto inerti, coperte nella parte più alta da un misero pantaloncino.

Le sue ginocchia erano coperte da grossi calli duri, grigi di polvere d'asfalto.

Il rumore metallico era della ciotola della questua che, ad ogni tratto che il bambino strisciava avanti di qualche centimetro, veniva spinta, a sua volta, più avanti.

Nel suo precedente viaggio in India, Siddharta aveva saputo che quei bambini sono frutto di una pratica raccapricciante:

appena nati vengono legate loro le gambe, di modo che i muscoli non possano svilupparsi ed i tendini ed i nervi si atrofizzino in poco tempo.

Già nei primi anni di vita, quei bambini sono del tutto impossibilitati a camminare ma, trascinandosi pietosamente sull'asfalto, a volte con il tronco eretto, altre del tutto supini, rappresentano una minima fonte di reddito per famiglie numerose, stipate in tendopoli arrabattate con materiale da discarica.

Il monaco, intanto, continuava a sbrodolare *mantra*.

Lui gli riconsegna il foglio plastificato con un legittimo: «andate a cagare voi, le vostre statue ed il vostro fottutissimo monastero!».

Di nuovo nel giardino del *Mahabodhi Temple*, Siddharta si aspetta che da un momento all'altro l'albero della *bodhi* perda tutte le sue foglie ed il tronco si secchi e rattrappisca su se stesso ma stende ugualmente il suo tappetino da meditazione.

Siede ancora una volta in un tentativo semi-abile di posizione del loto ed ancora una volta tenta di "prendere rifugio in se stesso".

Dietro i suoi occhi chiusi sfilano molte immagini: ricordi, pensieri caleidoscopici e a confusi brandelli poi, del tutto inaspettatamente, un paio di mutandine lise da molte lavate, a celare un peluria castano-chiaro.

Dopo mesi spesi a tentare di dimenticarla è di nuovo lì, a proprio agio nella scenografia della sua mente: Camelia!

Apre gli occhi e rivede monaci in vestaglia *bordeaux* con i loro passi felpati e modi asettici ed il raggiare, un po' insulso, dei loro visi.

«I preti sono davvero tutti uguali», pensa, ma questo depistare la sua mente non lo tira fuori dal baratro interiore in cui è appena ripiombato: Camelia!

Ed è di nuovo in Italia Siddharta, di nuovo a Libertad e poi nella ruspante azienda agricola dell'amico a pregare l'universo di dargli un'altra opportunità ed ancora nello *squat* di campagna ad entrare nelle mutandine di lei imbottite di assorbente e sentire una sensazione di bagnato-caldo straordinariamente carnale.

I suoi occhi, nel frattempo, si sono richiusi.

Il pensiero tenta di indugiare sulla suggestione del posto, sul fatto che rechi ancora la memoria di un evento di portata somma per l'umanità.

Si sofferma ad immaginare lo stesso luogo duemila e cinquecento anni prima, con solo alberi ed animali ed un unico uomo che sedeva in silenzio.

Uno e grandioso!

Il depistaggio funziona per momenti circoscritti poi ripiomba nella scenografia della sua mente lo sguardo cerbiatto e celeste, il seno prosperoso. Ritrova il suo modo di essere bella così puro, così ancestrale ed il loro rapporto che era come un giardino dell'Eden con un baratro spaventoso latente ad ogni angolo. Camelia!

Dall'indugio sul passato, la sua mente si spalma fulmineamente sul presente. Inizia ad almanaccare — mentre il nostro è ancora, invano, ad occhi chiusi, a pochi passi dall'albero della grande comprensione — sulla vita di Camelia in Inghilterra.

Nei paraggi, intanto, è ancora un via vai di vestaglie e ancora mani ritorte dall'artrosi — qualcuna con le dita smozzicate da un passato di lebbra — si protendono e non scalfiscono l'indifferenza dei passanti.

Quanta miseria, materiale e umana, ristagna all'ombra dell'albero della "grande comprensione", dove si riversano pellegrini da ogni angolo del mondo, a sperare e disperare di fondersi, finalmente, nel respiro dell'assoluto.

Siddharta inizia intimamente a maledire il momento in cui ha deciso di venire sotto quest'albero.

«Porca puttana», impreca tra sé mentre gli arriva una vaga fragranza di incenso tibetano alle narici provocandogli un leggero prurito di allergia, «l'avevo dimenticata, ero riuscito a rimuoverla, non ci pensavo più ed ora eccola di nuovo qui. È una maledizione!».

Tuttavia, non abbandona il suo tentativo semi-abile di posizione del loto, pur concedendosi un paio di starnuti.

Continua a lasciar scorrere immagini e imprecazioni.

Giunge presto il momento che irrompono pensieri sulla sua non casa, sul suo non lavoro, come puledri tenuti a lungo in un recinto e poi lasciati finalmente liberi di lanciarsi nei campi.

Siddharta va completamente nel pallone e non può non ripensare alle sue fumate di *bidi* sul Gange — gli occhi fissi sul trascorrere della variopinta umanità e animalità — ed al suo indugiare terapeutico nel *ghat* della cremazione.

Rimpiange quanto questo lo aiutasse a relativizzare le sue problematiche ed è di nuovo nella morsa della sua ossessione: «non so dove voglio vivere, non riesco a sbloccare la questione del lavoro, non ho una donna, cazzo!» E ancora: «Camelia e la sua fica odorosa ed ora ci sta il naso di quel bastardo di un inglese... non dovevo venire qui, dovevo immaginare che questo posto mi avrebbe smosso i miei grovigli interiori. Avevo fatto tanto per tacitarli ma forse è meglio così. Ricominciamo daccapo allora, un'altra volta!».

Apre gli occhi.

I monaci sono ora tutti raccolti attorno ad un sarcofago in vetro incorniciato nel legno, sotto le fronde più prominenti dell'albero.

Il sarcofago contiene, tanto per fare qualche cauta concessione all'originalità, una statua di Buddha.

Un monaco ne pulisce scrupolosamente il lato esposto al pubblico.

Gli altri sono indaffarati a sistemare addobbi floreali e *tankas* nelle immediate vicinanze.

In questo momento, le loro figure pacificano un minimo Siddharta che inizia a distendere le gambe e lasciare che le formiche della mala circolazione si decidano a passare tutte.

Dopo qualche minuto si alza, raccoglie il suo tappetino di meditazione e si avvia con passi un po' incerti, da circolazione ancora non del tutto riattivata, verso il monastero in cui è ospite in questi giorni.

Siddharta conosce Cinghiale Assetato (di conoscenza)

Davanti al monastero c'è un capanno di legno, un baraccone rattoppato con lamiera abbondantemente riciclata e su cui poggia un tetto rabberciato con gomma e rami secchi di palma.

Ad uno sguardo poco compassionevole risulta uno spettacolo semplicemente pietoso.

Un indiano sudato, la testa avvolta in uno straccio lurido, è alle prese con una vecchia teiera di metallo fumante di *chai* ed una padella annerita da utilizzi ancestrali in cui gorgoglia sommessamente olio di mostarda, a friggere alcuni *somoza*.

Siddharta ha bisogno di mettere qualcosa nello stomaco.

È in uno di quei momenti in cui i suoi sballati ormoni della fame lo fanno essere molto poco selettivo e lo direzionano nel primo "porcaio" a portata di piede.

Di fronte al baraccone sta una lunga panca ancora in legno, anch'essa alquanto pietosa.

Sotto le sue gambe trovano ricetto vari e spessi cuscinetti di fogli di carta piegati e ripiegati, in un tentativo strenuo di renderla appena più stabile.

Sulla panca siede un ragazzo grossomodo coetaneo di Siddharta.

Ha un'espressione sornionamente amichevole, il ventre gonfio ben proteso sulle cosce alquanto sformate, le braccia pelose, con muscoli non delineati e infiltrati dal grasso.

In testa ha un cappello con visiera, da giocatore di *baseball.*

Sotto la visiera iniziano presto ad agitarsi lineamenti di un viso gonfio, con abbondante doppio-mento e peluria da barba trascurata da alcuni giorni, in una concitata conversazione al cellulare.

Il ragazzo parla (o meglio sbraita) in italiano e questo riscalda un po' il cuore di Siddharta (anche se non si può dire abbia mai palpitato di fervore patriottico).

L'italiano bestemmia ripetutamente con voce un po' strozzata da respiri incompleti. «Non è affanno», pensa Siddharta, «è proprio asma!».

La conversazione viene trinciata alquanto bruscamente e lui si concede ancora qualche strascico di imprecazione per proprio conto, convinto che nessuno lo stia ascoltando o comunque comprendendo.

«Oh, finalmente qualche sano bestemmione in italiano», esulta con gli occhi radiosi Siddharta, «qui con tutti questi preti e pellegrini, con i loro modi asettici, le espressioni imbalsamate ed i sorrisi buonisti, sentire qualcuno che smoccola di santa ragione è un'autentica benedizione!».

Dall'altra parte si fa strada una risata grassa, che termina in un accesso di tosse un po' catarrosa.

«Mi fa piacere che tu abbia apprezzato la mia *performance.* Ero convinto di poter parlare in assoluta libertà, dato che non mi capiva nessuno. Invece trovo un compaesano che si gode i miei bestemmioni. *Good*!».

«Béh, a questo punto presentiamoci», riprende Siddharta che non ha nessuna intenzione di stemperare il suo entusiasmo, «poi se vuoi mi dici con chi te la stavi prendendo, mi sa che era una donna. Scusa ma mi è venuta un po' di curiosità e tu mi ispiri confidenza».

«Sì, quella baldracca della mia ex moglie; non ne parliamo che mi metto a smoccolare ancora. Lo so che ti piace ma non ho voglia di starmi troppo ad avvelenare il sangue. Come ti chiami?».

«Siddharta, così mi chiamano gli amici».

«Siddharta», ripete l'imprecatore e ride e tossisce ancora un po', «ma per quale motivo? Non mi dire che hai la stoffa di un Buddha!» e ride ancora, di gusto.

«Ma sai, c'è stato un periodo in cui coltivavo una particolare fissazione: riuscire a vivere solo nel presente, senza farmi assillare dal passato o dai progetti per il futuro. Mi ero intestardito a ricercare una forma di buddità. Sulla buccia di banana della *New Age* e sui suoi luoghi comuni siamo scivolati in molti. Io posso dire di aver fatto un bel ruzzolone!».

«Bene, mi piace chi sa fare autocritica. Dimmi un po', sei ancora un aspirante Buddha?!», rincalza l'imprecatore guardando Siddharta con occhietti porcini che non celano un po' di bonario sarcasmo.

«Diciamo, più modestamente, che è qualche anno che provo a fare meditazione e sono appassionato di Oriente dunque i miei amici mi hanno affibbiato questo soprannome ed io mi ci sono, in qualche modo, affezionato».

«Bene Siddharta, anch'io ho un nome iniziatico. Me lo ha dato un coatto sciamano che era venuto a fare una capanna sudatoria dalle mie parti, vicino a Torre Annunziata».

«Come ti ha chiamato?».

«Io sono Cinghiale Assetato, anche in ufficio (con i colleghi, non con il direttore) e la mia è una sete di conoscenza».

«Mi sembra che abbia indovinato lo sciamano, lui come si chiama?».

«Aquila Tenace e viene dalla provincia di Campobasso» e ride Cinghiale Assetato.

Il suo torace sussulta e le guance ed il doppiomento sono un capolavoro di pieghe adipose in movimento bontemponesco.

Ride anche Siddharta.

«Da quanto tempo giri in questo paese assurdo, Siddharta?».

«Saranno un paio di mesi, qualcosa di più, tu invece?».

«Io inizio ad averne le palle davvero piene, sono cinque mesi che me la sto facendo in lungo e in largo l'India. Avevo davvero bisogno di staccare la spina. Mi sono da poco divorziato ed ho un figlio di sette anni. Di conseguenza mi tocca passare un sacco di soldi alla mia ex moglie…insomma le solite storiacce che risucchiano tantissima energia».

«...E scommetto che ti sei detto: me ne vado in India e se non chiudo definitivamente i giochi c'è caso che mi riprenda!».

«Sì, proprio così. C'ero già stato alcuni anni fa qui e, nella merda in cui mi trovavo in Italia, ho sentito forte l'impulso di viaggiare di nuovo su autobus che vanno avanti per grazia ricevuta. Ho sentito il bisogno di confrontarmi ancora con la precarietà generale di questo paese, di montare su mezzi rantolanti che esplodono di gente pressata dentro come le sardine, di farmi assordare dalla musica sparata nelle strade.

Avevo nostalgia di una religiosità un po' delirata, sopra le righe, di una ritualità che è quasi un'espressione ossessivo-compulsiva di massa, di una quotidianità vissuta costantemente a cavallo tra mito e realtà.

Avevo una gran voglia di rimettere piede nei templi che puzzano di grasso bruciato, con piscine con acque limacciose in cui galleggiano fiori marci».

«Ho letto che i templi hindu vogliono essere la riproduzione, su piccola scala, del cosmo, con tutte le implicazioni di scienza sacra del caso», interviene Siddharta «ma anch'io li ho sempre trovati laidi, affollati di pezzenti e popolo narcotizzato (perché qui la religione è davvero oppio puro!)».

«Sì», riprende le redini del discorso Cinghiale Assetato, «anche se devo dire che ho finito regolarmente per trovare una maggiore serenità quando tentavo di raccogliermi in un tempio o per vedere esplodere vecchi bubboni. Non ho mai risolto qualcuno dei miei problemi ma forse ho avuto modo di crescerci dentro e sviluppare un po' di sano fatalismo del tipo: prima o poi ha da passà a nuttata!».

Cinghiale Assetato fa cenno al proprietario del patetico *chai-shop* di preparare un paio di *chai* e, non riuscendo a tenere a freno la logorrea acuta, riprende: «l'India mi ha sempre dato una sensazione di grande libertà. Ricordo che non mi sono mai sentito tanto libero come quando mangiavo le noccioline su di un autobus scassatissimo, in Karnataka ed il mio sguardo era costantemente rapito dai colori cangianti delle strade sporche e sature di gente, di mercati, di suoni, di musica, di vita.

Una cosa straordinaria di questo paese è che non ti lascia mai da solo. Per un motivo o per l'altro tutti sembrano interessatissimi a te, alla tua vita e questo riscalda il cuore».

Il proprietario del *chai-shop* si avvicina con il suo straccio lurido sulla testa, porge due bicchieri fumanti a Siddharta e Cinghiale Assetato e torna sollecito alla sua postazione, lasciandosi dietro una scia maleodorante di sudore.

«C'è poi il rovescio della medaglia», non demorde Cinghiale Assetato, «i *beggars*[1] che ti spolpano l'aura — e se non stai attento arrivi in albergo, ti cerchi tra i vestiti e non ti ritrovi più — e ti riversano addosso una disperazione inconsolabile, inarginabile e non ci sono pruriti francescani che reggano.

È questo un paese di accattoni e cialtroni e gente avvelenata di soldi ma non fai a tempo a disgustartene che incontri sguardi limpidi di donne con un fascino del tutto sconosciuto a chi vive in Europa o l'emanazione pacificante dei *sadhu*, dei *samnyasin*. Qui si trova una cultura incredibilmente antica, incredibilmente densa e la vitalità, l'esuberanza di un popolo che sembrerebbe giovanissimo. È veramente una dimensione paradossale, un universo di caos, di enormi discariche a ciclo aperto ed un paradiso terrestre, soprattutto al sud, dove sembra di stare nella valle dell'Eden».

«Ma dai? Il posto che sto cercando io», si guadagna un minimo di spazio nella conversazione Siddharta, «cioè a me basta un giardino, un giardino dell'Eden. Io in realtà ci ho vissuto un certo periodo».

«Dove?».

«In un giardino dell'Eden ma non era uno spazio fisico, era piuttosto un luogo dell'anima però — c'è un però — aveva un baratro…»

Cinghiale Assetato dà manifesti segni di insofferenza ed irrompono parole inequivocabili, trovando un varco tra il gonfiore delle sue gote un po' arrossate ed ispide di peluria rossastra: «ascolta, non cominciamo con queste melensaggini intimiste...».

«Ok, comunque io sono diretto proprio a sud, in Tamil Nadu, ad Auroville per la precisione» taglia corto Siddharta.

«Io ci sono stato due mesi», ribatte Cinghiale Assetato, «all'inizio sembrava che non me ne volessi più andare, alla fine...sì, da un punto di vista naturalistico è davvero un gran bel posto, forse rischia di venire a noia dopo un po', non lo so, ad ognuno fa un effetto diverso».

«Dimmi qualcosa di più, non so davvero cosa pensare, me ne hanno parlato in tutti i modi».

«...Ed ora avrai le idee barbaramente confuse» e ride Cinghiale Assetato e ancora sussulta il suo torace e tremolano le pieghe adipose del suo viso ed alla fine espettora catarro, ancora una volta.

«So di questa città nella giungla a due passi dall'oceano, ispirata dagli insegnamenti di Sri Aurobindo, il grande maestro bengalese», riprende Siddharta, «un posto particolarmente rilassante mentre girare in India è sempre ragione di stress. So che c'è gente da tutto il mondo dunque, presumo, un quantitativo discreto di topa. So che è molto avanti sul fronte delle energie alternative. Hanno una specie di siringone sul tetto della cucina comunitaria — che raccoglie e canalizza i raggi solari — e poi le solite cose: fattorie biologiche, *yoga*, meditazione ma anche piccole fabbriche, di incensi, di tè...».

«È uno di quei posti», riprende Cinghiale Assetato, «dove veramente potresti starci due vite e capirci ancora poco o niente e allora ti viene voglia di trattenerti più a lungo e cimentarti in quella che loro chiamano "la pratica dello *yoga integrale*" che prevede, in due parole, il mantenersi costantemente vigili e consapevoli nel corso di qualunque cosa si faccia durante la giornata e che dunque non esista un momento per il sacro ed uno per il profano. Se vogliamo è una concezione abbastanza avanzata che va oltre le tradizionali prescrizioni ascetiche. Una concezione non manichea, non privativa, come dire: non bigotta. Allo stesso tempo, quel che mi veniva spesso in mente, quando ero ad Auroville, è, banalmente, che il mondo è tanto grande. Questo perché forse Auroville è un po' troppo surrogato del mondo e può rischiare di diventare una dimensione totalizzante per chi ci vive. A quel punto le prospettive finiscono giocoforza per restringersi perché Auroville, malgrado l'enfasi di molti aurovilliani, resta pur sempre un buco di culo!».

«Ma sai» interviene Siddharta, «non per essere qualunquisti ma se ci pensi quanti posti meriterebbero di starci quattro vite per continuare a capirci poco e niente. Auroville...so che dovrebbe essere un centro spirituale avveniristico, uno degli embrioni della nuova era, un'esperienza di "svecchiamento" della cultura indiana tradizionale e di incontro e convivenza multirazziale e multiculturale».

«È uno di quei posti che nascono da pruriti utopisti e filantropici, da menopause difficili» riprende scettico Cinghiale Assetato, «io inizio ad avere le palle piene di tutto ciò che non ha un minimo i piedi a terra; sono millenni che si blatera di uguaglianza, fratellanza. Credo che siano, sostanzialmente, tutte chiacchiere, inclusa l'unità umana di cui farfugliano ad Auroville. L'uomo è fondamentalmente egoista ed ipocrita e può essere in grado di imbastirla in tutti i modi possibili per dimostrare che invece straripa di amore per gli altri ed è pronto ad immolarsi per le cause più nobili. Credimi Siddharta, nella maggior parte dei casi è tutta manipolazione. Sono tanti i modi per avere potere; esistono strade dirette ed altre secondarie e poi vicoletti contorti che si interrano e riemergono nei punti più improbabili.

Sono questi i percorsi più battuti da "quelli della retorica del mondo migliore, dell'impegno, dell'utopia".

Non so se ti è mai capitato di incontrare crociati che fanno volontariato a destra, si impegnano a sinistra ma che, quando te li trovi vicino, ti danno sottilmente o esplicitamente la nausea. Questo spesso perché sono persone oggettivamente pesanti, gravate dal fardello dei mali del mondo ma anche perché, molte volte, hanno un atteggiamento predatorio, a diversi livelli.

Pensano di essere in credito con l'universo e dunque di poter pretendere chissà cosa anche dagli altri. Se non riescono a condurti sul loro sentiero, ad importi la loro rotta ricorrono a tutte le risorse dei sensi di colpa. Insomma, è gente insopportabile!».

«Béh, forse sul fronte di Auroville sei troppo malevolo», risponde Siddharta, «stanno aiutando tantissima gente, dopo il passaggio, devastante, dello *Tsunami*. È da tanti anni, poi, che danno lavoro a migliaia di *tamil*...».

«Non lo so», risponde Cinghiale Assetato, «io in generale sono molto sospettoso con gli "altruisti militanti". Hai mai letto Max Stirner?».

«Il filosofo tedesco, certo che l'ho letto: *L'unico e la sua proprietà*».

«Io l'ho letto tre volte e credo di averlo abbastanza assimilato e di aver capito che nessun uomo è veramente altruista, che anche gli slanci più generosi celano in verità dei tornaconti personali. Forse non c'è nulla di male. È l'uomo ad essere così e per questo non credo nelle utopie, sogni che vengono strumentalizzati da chi se ne fa vessillifero per avere potere sugli altri o anche, semplicemente, per ingannare la vecchiaia, la malattia, il pensiero della morte».

«Sei davvero un cinghiale», non può che commentare Siddharta «e il nichilismo ti pervade!».

«Sì», risponde l'interlocutore cinghialato, «ma non dimenticare che sono anche assetato» e ride e si astiene dall'espettorare, almeno questa volta.

«Visto che sei assetato non troviamo il modo di berci una birra in questo palloso parrocchione a cielo aperto?» provoca Siddharta.

«Abbandona l'idea», risponde Cinghiale Assetato, «in India bere qualcosa di blandamente alcoolico è già impresa improba, figuriamoci qui che, come hai giustamente detto tu, è un palloso parrocchione a cielo aperto.

Vieni con me che ho una rimanenza di erba, ce la possiamo fumare in stanza nel mio albergo. È un posto tranquillo, fidati».

«Andiamo» acconsente Siddharta che tuttavia non sa che Cinghiale Assetato ha il "fumo triste" e dunque, dopo la prima canna, comincia: «il mondo è marcio, Siddharta, in mano a gente ottenebrata da sé e cocainomane e vivere è semplicemente un'impresa disperata. Sopravvivere meno. Si può trovare il modo di trascinarsi alla fine del mese con una povera disgraziata al proprio fianco, in qualche condominio brutale o in rivoltanti villette a schiera ma vivere...sono cazzi autentici...anche perché sono millenni che l'uomo cerca di capire perché...perché vivere?!».

«È una bella domanda», interviene Siddharta.

«Naturalmente neanche tu avrai uno straccio di riposta» commenta amareggiato Cinghiale Assetato.

«Non so» riprende Siddharta, «anch'io sono un po' in crisi di senso, anch'io spesso mi ritrovo a farmi domande di questo genere, magari al buio, prima di addormentarmi o con una birra su qualche terrazza a casa di qualcuno (perché io a casa mia non ci sto praticamente mai) oppure davanti al camino, le poche volte che ci sto. "Vivere perché"...ho provato a cercare la riposta, timidamente, in una microricerca gnostica, attraverso la meditazione e, qui in India, ho iniziato anche con lo *yoga* ma sono talmente indietro...e poi la risposta, in realtà, c'è già.

Vivere è una benedizione di per sé, già stare qui, fumare insieme, conoscersi, in un paese così diverso dal nostro. Insomma, bisogna pure chiedersi se non siamo noi in realtà a pretendere chissà che cosa e se, semplicemente, non ci stiamo accorgendo che abbiamo già tutto quello che si può desiderare.

Varanasi mi ha insegnato molto in questo senso.

Ti racconto una storia: sono seduto sulle scalinate del Gange. Ho parecchia fame e mi sono appena comprato un paio di *somoza*. Sto mangiando quando vedo davanti a me un cane o, meglio, ciò che resta di un cane. È di taglia medio-piccola. Non ha più peli e la sua pelle è completamente incontechita, lurida, punteggiata qua e là di rosso, di piaghette di rogna che a furia di essere grattate lasciano fuoriuscire stille di sangue. Quella povera bestia ha le costole in rilievo sotto uno strato sottilissimo di pelle. Ha lo stomaco ridotto ai minimi termini, profondamente scavato. Ha piaghe impressionanti sui testicoli. Piaghe aperte, con il sangue poco coagulato, fresche e, tuttavia, antiche.

Mi si chiude immediatamente lo stomaco. Quel cane apre in me un varco di incontenibile compassione. Sminuzzo il mio *somoza* e cerco di farlo mangiare. Lui esita, è troppo impaurito. Cerco con la postura, con lo sguardo, con parole amichevoli di tranquillizzarlo e lui inizia ad avvicinarsi al cibo. Mi allontano per comprare del *paneer*. Lo sminuzzo e glielo do pezzetto per pezzetto. Si avvicina un bambino e mi guarda con occhi innocenti ma non prova la minima compassione per la bestia. Gli do alcune rupie per comprare dei biscotti. Ce li divideremo con il bambino e con l'*Ecce Cane*.

La bestia mastica lentamente. Gli rimane appena un briciolo di forza ma la cosa che più mi colpisce è la sua determinazione. Mastica lentamente ma inesorabilmente. È straordinariamente determinato a vivere e la sua sofferenza ha una profonda dignità.

Io l'indomani debbo partire. Vorrei lasciare dei soldi al bambino perché gli porti da mangiare tutti i giorni ma so che non servirebbe, che quei soldi non finirebbero mai nella pancia dell'*Ecce Cane*.

Mi sento quasi in colpa di non restare ancora a Varanasi e dedicarmi a questa bestia ma la sua espressione, in qualche modo, mi tranquillizza.

Pur essendo dimessa rivela una specie di stoica noncuranza: per la rogna, la fame, le piaghe. È una creatura evidentemente piegata, ridotta allo stremo che tuttavia persevera senza indugio, ad oltranza e, la cosa più sorprendente, con assoluta naturalezza, con profonda accettazione.

Nello stesso periodo un'altra creatura smuove in me una profonda compassione. Un ragazzo che vende le cartoline nei vicoli vicino al Gange. Non so cosa gli sia successo ma ha i piedi completamente convergenti, con le punte delle dita che quasi si toccano. Non solo, sono rigirati e dunque poggiano in terra non sulla pianta ma di taglio. Cammina in un modo pietoso ed il suo viso è completamente deformato, con bozzi mostruosi e i suoi occhi sembra facciano uno sforzo sovrumano per restare aperti perché ha le palpebre in buona parte appiccicate.

Come se non bastasse è anche strabico!».

A questo punto Cinghiale Assetato non può non concedersi una risatona grassa delle sue.

Ha un accenno di risata anche Siddharta ma riprende subito il suo racconto:

«Lo incontro quasi tutti i giorni e lui ogni volta mi chiede di comprargli le cartoline. Io passo diritto, regolarmente ma il primo giorno dell'anno nuovo non reggo più. Gli metto un braccio attorno alla spalla e lo faccio sedere vicino a me, su di uno scalino. «Quanto vuoi per le cartoline?» Gli chiedo.

Me ne vuole rifilare cinque per 120 rupie.

«Sui *ghats* le vendono a cinque rupie l'una», gli dico. Lui a quel punto sfodera una serie di argomentazione per giustificare il prezzo spropositato. Argomentazioni quasi attendibili e avresti dovuto vedere con quale tenacia tentava di convincermi che stavo facendo un affare. Insomma, anche in questo caso tocco con mano questa profonda determinazione a sopravvivere, ad andare avanti, con ogni mezzo, quasi con fierezza, comunque con una meritevole dignità!

Gli dico che il prezzo è esagerato ma che voglio comprare le sue cartoline, che quel giorno è festa e che lui è bene vada un po' a divertirsi. Mi ringrazia e, nei giorni successivi, ogni volta che mi incontra mi saluta affettuosamente, manifestandomi gratitudine ma continua a tentare di vendermi altre cartoline, determinato, ancora determinato, capisci?

Vivere è un dono che ci è stato elargito ed è solo la nostra cecità a non farci comprendere quanto prezioso sia questo dono. Forse l'*Ecce Cane* e quel ragazzo lo hanno capito e lo capiscono, ogni giorno, meglio di noi.

Comprendo la tua disperazione. Anch'io in certi momenti mi sento allo sbaraglio, perduto ma poi, almeno negli ultimi tempi, ripenso a quella povera bestia, al venditore di cartoline e ad altre persone di cui ti potrei raccontare e mi dico: che diritto ho di non essere soddisfatto e, soprattutto, grato della mia vita, con tutte le sue storture, con tutte le sue pecche e le cose che vanno per conto loro e sfuggono al mio controllo?!

Siamo in India, un paese che solo con le sue strade, i suoi villaggi, le sue città ci fa quotidianamente da maestro. Offrendoci lo spettacolo dei bambini in terra che si trascinano con la ciotola della questua o dei *rickshaw-wallah* che la sera dormono sul *rickshaw* perché hanno paura che glielo rubino e, soprattutto, perchè non hanno una casa. Insomma, hai visto con quale naturalezza questa gente vive vite che a noi sembrano irrimediabilmente disperate?».

«Non sei il primo che mi fa un discorso del genere, Siddharta», interviene Cinghiale Assetato che ha seguito attentamente il sermone e sta cercando di compiere uno sforzo per assimilarlo in fretta, «ma non so, a volte mi sembra tutto così inutile, il fatto stesso di vivere mi sembra così insensato...».

«Allora ho parlato a vuoto» interviene bruscamente Siddharta guardandolo un po' torvo con occhi arrossati dall'erba.

«Capisco il tuo discorso», si difende Cinghiale Assetato, «lo apprezzo, vorrei riuscire a vederla come te ma non riesco a liberarmi di questo tarlo».

Ormai la sua mente ha perso un preciso bandolo logico e

lui vorrebbe semplicemente consentire al suo disagio di fuoriuscire tra le pieghe adipose del viso congestionato mentre gli occhi vagano perduti, nella vuota desolazione della stanzetta d'albergo.

«Comunque, a proposito di altruismo», interviene Siddharta che si trova evidentemente costretto ad alleggerire i toni della conversazione, «c'è un mio amico che ha un'ipotesi piuttosto banale ma sa raccontarla in maniera originale».

«Sentiamo», risponde Cinghiale Assetato senza compiere il minimo sforzo per disincagliarsi dalle secche di un assoluto scetticismo.

«Devi sapere», inizia Siddharta con tono un po' enfatico e chiaramente desideroso di creare un minimo di *suspense*, «che come esistono i fichi secchi così trovano cittadinanza sotto il sole anche le *fiche secche*. Da queste originano spesso raccolte di fondi per asili, ospedali, lebbrosari nel culo del mondo o canili, gattili, pappagallinili nei nostri paesi annoiati (ancora per poco in realtà).

Devi stare molto attento alle fiche secche, se non vuoi cadere in uno dei loro caldeggiamenti a spada sguainata e coltello da *guerka* tra i denti, di adozioni a distanza di rare specie di macachi a rischio di estinzione, elefanti leggiadri, alberi vetusti, ettari di foreste, ghiacciai, foche monache. Rischi di essere messo con le spalle al muro e di dover, giocoforza, cacciare il tuo obolo ma forse è giusto così».

«Sei un buon cazzone, Siddharta» riprende Cinghiale assetato concedendosi una risatona che culmina, nuovamente, in un accesso di tosse grassa, «mi hai messo di buon umore».

«E tu sei davvero un cinghiale», non può che ripetere Siddharta «e somma è la tua sete di conoscenza!».

Siddharta approda ad Auroville

Dopo pochi giorni dal pregnante incontro con Cinghiale Assetato Siddharta, con un viaggio-parto in treno di circa 48 ore, approda ad Auroville, dove Dio è ciascuno di noi e, al contempo, una grande palla da golf laccata in oro nel centro di un bel polmone verde: il Matrimandir, il tempio della Madre.

Ad Auroville Siddharta incontra una "vibra" un po' strana.

Sicuramente un bellissimo contesto naturale: una grande foresta tropicale là dove, fino a quarant'anni prima, era una distesa brulla e semidesertica.

Il lavoro di riforestazione è senz'altro una grande impresa degli aurovilliani, non possono esserci dubbi: tre milioni di alberi piantati in pochi decenni.

Ma ad Auroville trova pure antipatiche espressioni di un occidente "egoaiolo" e un po' annoiato. Il narcisismo tipico di artistoidi e terapistoidi nuova era ed una certa stronzaggine tutta francese.

Trova anche una buona dose di invasatezza in alcuni aurovilliani (che si diverte a ribattezzare presto "i rarefatti", in virtù della diffusa ostentazione di raccolto distacco spirituale), la tendenza, come gli aveva detto del resto Cinghiale Assetato, a vivere il posto come se avesse assorbito integralmente il mondo dentro di sé. Come se fuori del suo perimetro non ci fosse quasi più nulla di interessante da vivere.

Forse in ragione di questo Siddharta sente subito un leggero cappio al collo, la preoccupante mancanza di genuino senso dell'umorismo, la sensazione vagamente claustrofobica che ha provato diverse volte in vari contesti cosiddetti "alternativi".

Non fa fatica a credere che Sri Aurobindo sia stato un grande maestro ma, allo stesso tempo, non può non pensare che, pur essendo il maestro di riferimento, è stato del tutto estraneo alla fondazione di Auroville; era morto da quasi 20 anni!

Auroville è stata difatti il prodotto di "un sogno", del sogno della Mère, la cosiddetta "compagna spirituale del maestro bengalese".

Siddharta si prende la briga di cercare questo sogno e lo trova su di una *brochure* del *Visitor Center*.

Recita come segue: «Dovrebbe esserci in qualche angolo della Terra un luogo di cui nessuna nazione abbia il diritto di dire: "É mio". Un luogo dove ogni uomo di buona volontà, con una sincera aspirazione, possa liberamente vivere come cittadino del mondo obbedendo a una sola autorità, quella della verità suprema. Un luogo di pace, concordia, armonia, dove gli istinti combattivi dell'uomo siano utilizzati esclusivamente per vincere la causa delle miserie e della sofferenza, per superare debolezza e ignoranza, per trionfare sui limiti e le incapacità. Un luogo, dove i bisogni dello spirito e la ricerca del progresso prevalgano sulla soddisfazione dei desideri e delle passioni, sulla ricerca del piacere e del godimento materiale.

In questo luogo, i bambini potrebbero crescere e svilupparsi integralmente senza perdere il contatto con la loro anima; l'istruzione sarebbe data non per superare esami od ottenere diplomi e sistemazioni, ma per arricchire le facoltà esistenti e farne nascere di nuove. (...) I titoli e le posizioni sarebbero sostituiti da occasioni per servire ed organizzare; si provvederebbe in uguale misura ai bisogni di ognuno; e la superiorità intellettuale, morale e spirituale si tradurrebbe nell'organizzazione, non in maggior piacere e potere, ma in maggiori doveri e responsabilità.

La bellezza in tutte le forme artistiche (pittura, scultura, musica e letteratura) sarebbe a tutti ugualmente accessibile, essendo la facoltà di partecipare alle gioie che essa dà limitata unicamente dalla capacità di ciascuno e non dalla posizione sociale o finanziaria. Ciò perché, in questo luogo ideale, il denaro non sarebbe più il padrone sovrano; il valore personale avrebbe un'importanza infinitamente superiore a quello della ricchezza e della posizione sociale. Il lavoro non sarebbe un mezzo per guadagnarsi la vita, ma il mezzo per esprimere e sviluppare le proprie capacità e possibilità, servendo contemporaneamente l'insieme del gruppo che, da parte sua, provvederebbe alle necessità dell'esistenza e al campo d'azione di ognuno.

In sintesi, sarebbe un luogo in cui le relazioni fra gli esseri umani, che di solito sono quasi esclusivamente basate sulla concorrenza e sulla competizione, sarebbero sostituite da sentimenti di emulazione, collaborazione e reale fraternità».

«Ora capisco il senso delle "menopause difficili"», inizia a pensare irriverente e divertito Siddharta ritornando con la memoria a quanto gli aveva accennato Cinghiale Assetato, «ad essere cinici possono davvero venire questo genere di pensieri ed ecco spiegarsi sogni di città nella giungla che appartengano all'umanità nel suo insieme, dove le aspirazioni siano solo *sincere*, le volontà unicamente *buone*, la sola autorità quella della *verità suprema* e ciascun cittadino fatichi a contenere l'impeto furioso di servire devotamente il suo prossimo (pare vero, neanche stessimo scendendo tutti dal pero, con un bell'anello al naso!)» e non riesce a non lasciarsi andare ad una esplicita risatina solitaria. Siddharta, in realtà, non sa davvero se propendere per la lettura cinica o per quella mistico-utopica. Come spesso accade, la lettura cinica gli sembra la più attendibile, soprattutto dopo aver orecchiato, casualmente, affermazioni di uno pseudo-misticismo d'accatto a dir poco stucchevole. Ad esempio, in risposta alla banalissima domanda: «di dove sei?»; «di questo universo!». Oppure — non meno trash — in risposta alla domanda: «quanto pensi di trattenerti ad Auroville?»; «e chi lo sa! Forse una settimana, forse tutta la vita!» e via disgustando.

Poi, sempre più saggio ed ammaestrato da mamma India, si affitta una motocicletta ed inizia a scorrazzare sulle strade polverose, talora tragicamente alluvionate, nella foresta aurovilliana.

Gode dei virtuosismi architettonici di alcune case immerse nel verde tropicale e si allunga spesso fino al mare, ignorando disinvoltamente i nasi all'insù dei fighetti seduti ai tavolini che si compiacciono, ad ogni respiro, di svernare nelle spiagge della inusuale città.

Anche qui Siddharta ha bisogno del suo tempo per sintonizzarsi e, dopo qualche giorno, riesce a gioire delle eco di Parigi, Londra, Dublino nella fitta vegetazione del sogno, più o meno realizzato (a fronte di alcune risorse umane la realizzazione piena è impresa a dir poco improba), della Mère.

Ad Auroville Siddharta incontra l'Europa ed anche l'Oriente, un certo edonismo occidentale e l'innocenza e la miseria indiane mescolate insieme.

La "Città dell'Aurora", per essere ora un po' meno critici, non dà certo la sensazione di essere uno spazio protetto o un contesto di ascesi.

È piuttosto una realtà in cui non si è perso nulla della dimensione mondana, neanche gli aspetti meno nobili ma dove, seguendo gli insegnamenti di Aurobindo, si tenta di compiere uno sforzo per farne un veicolo di consapevolezza, un vettore di evoluzione.

A fronte di questo, Siddharta non si lascia troppo incantare dalle velleità di portare Auroville ad essere una città in cui non circoli denaro. Ormai è piuttosto disincantato; sa bene che voli di questo genere naufragano sulla solita problematica: l'essere umano, che continua a non essere abbastanza grande per le proprie idee e che dunque, in una certa misura, dovrebbe imparare a tenerle a freno puntando su di un maggiore pragmatismo.

Siddharta non nasconde alcune sue riserve sulla città ad un ragazzo francese, Guy, conosciuto durante un corso di massaggio.

Guy è una di quelle persone che si possono incontrare con facilità in India; un po' disgustata dall'Occidente, in cerca, se non proprio del suo essere più autentico, di una sufficiente pace interiore e con poca voglia di lavorare.

«Auroville dovrebbe essere da tempo una città di cinquantamila persone e ne conta poco più di 2000. Perchè?» lo incalza Siddharta.

«Semplice», si risponde sollecito, «perché non gira una lira. Se fosse possibile avere delle attività redditizie autonome e non la paghetta[2] che passano agli aurovilliani, molte persone sarebbero senz'altro più motivate. A chi non piacerebbe venire a stare qui, nella foresta, a due passi dal mare, in questo piccolo miracolo di cosmopolitismo, a lavorare pieni di buonismo comunitario? Ma se non si va sul difficile non si è sufficientemente alternativi; personalmente credo sia davvero il momento di gettare a mare un po' di zavorra degli anni '70!».

«Capisco quello che vuoi dire», ribatte Guy, «ma tu considera, è una decisione coraggiosa venire a stare qui, non ci sono dubbi, soprattutto se non si hanno le spalle coperte. Bisogna sentirsela. Non dimenticare le forti implicazioni spirituali di una scelta del genere. Sai meglio di me che per un'autentica crescita interiore è necessario mettersi totalmente in gioco».

«Sono luoghi comuni triti e ritriti, fratello» riprende Siddharta, «Non credo sia saggio confondere la "ricerca tempestosa di se stessi" con la precarietà: dover giocoforza lesinare sulle telefonate e magari fare gli odiosi squillini per essere richiamati, ignorare un buco sulle mutande, lasciare che le setole dello spazzolino si ripieghino verso l'esterno, esauste, conservarsi i fazzoletti di carta, usati, nelle tasche. Insomma, si può essere alla ricerca tempestosa di se stessi pur senza fare una vita grama; poi che ci sia sempre stato chi aveva ed ha tutto l'interesse a che si perpetui il fraintendimento per cui "povero è bello perché spirituale", questa è un'altra storia...»

«Spero non sia il caso di Auroville», interviene quasi preoccupato Guy.

«Non lo so e non mi interessa nemmeno saperlo», riprende

Siddharta, «la questione, purtroppo, va ben oltre questo posto. È qualcosa di estremamente evidente, ad esempio, in questo paese, in India. Gli indiani sono maestri a ricamare visioni suggestive sul fatto che, da millenni, una ristretta minoranza viva, tra piccoli/grandi agi, sulle spalle di un'immensa maggioranza costretta a condizioni di vita a dir poco degradanti. La sanno raccontare stupendamente, chiamando in causa lo smembramento del macrantropo originario, la riattualizzazione quotidiana della creazione ad opera dei bramini…».

«…Lo smembramento di chi?» Non può non interromperlo Guy.

«Nulla, guarda, ne parliamo un'altra volta!».

La questione, difatti, è ben lungi dal poter essere risolta con una banale chiacchierata e dunque entrambi lasciano che il discorso sfumi placidamente.

Siddharta ha difatti pensieri ben più stuzzicanti nella testa. Sta iniziando a carezzare sensualmente l'idea di riprendere contatto con un corpo femminile.

Oltre a Guy al corso di massaggio ha conosciuto Orla, una ragazza irlandese; una specie di folletto, con capelli forti che le arrivano sulle spalle.

Orla è confusa di vivere ed ha due occhi penetranti, celesti con varie sfumature di verde.

Dà subito confidenza a Siddharta ma non nega una certa confidenza anche a Guy. Come si è detto è confusa di vivere e questa confusione la vuole a tutti i costi condividere con chi le capita vicino e Siddharta non può esimersi dal farsi accalappiare.

I due si ritrovano a pranzo insieme, reciprocamente confusi, nella *Solar Kitchen*[3]. Ridono molto; lei è un'allegrona e Siddharta, quando si ringalluzzisce con le donne, diventa particolarmente brillante.

I due si scambiano un massaggio al corso. Sono sostanzialmente due somari; hanno difficoltà a memorizzare dove e come mettere esattamente le mani ma ridacchiano complici.

Siddharta massaggia Orla e lei un pochino freme e le si inturgidiscono visibilmente i capezzoli denudati.

Ha tettine un po' striminzite ma Siddharta è decisamente infoiato e non vede l'ora di andare in profondità nella conoscenza del folletto irlandese.

Lei gli dice che è davvero potente come massaggiatore.

Lui ha più di un perplessità al riguardo; sente di non aver capito nulla di come deve massaggiare. Procede molto per istinto che, a giudicare dal livello di inturgidimento dei capezzoli di Orla, gli rende un buon servizio.

I due, assieme ad un paio di altre coppie di corsisti, si massaggiano in una capanna ben ventilata, con le grandi finestre protette da reti fitte per non far entrare gli insetti.

Viene usato olio ordinario ma l'odore è penetrante e contribuisce a risvegliare i sensi.

La situazione di tre coppie seminude che si scambiano un massaggio non manca di una certa sensualità tropicale e la Auroville di questi ritagli è molto vicina, nella percezione di Siddharta, al giardino dell'Eden che sta ricercando.

Del resto, già dalle prime sere nella sua *guest-house*, aveva avuto una netta sensazione di trovarsi in un giardino dell'Eden, con il cielo notturno con tante stelle grandi come monetine, il cicaleggio forte ed avvolgente, la pace di una foresta poco ostile, antropizzata nel giusto modo, dove balugina solo di rado il faro di una moto.

Torniamo ad Orla, ai suoi capezzoli rosaturgido e all'infoiato Siddharta.

A corso finito i due devono fare pratica. Quale migliore alibi per scambiarsi nuovamente un massaggio, in completa solitudine?

Finiscono dunque nella *guest-house* di Siddharta, dove saltellano piccole ranocchie nella sua stanza-ex stalla.

La stanza è anche prodiga di ragni, alcuni di dimensioni considerevoli e questo non manca di spiazzare Orla e di dare il pretesto al nostro di fare l'uomo ed allontanare le bestiacce.

Orla si sdraia in mutandine su di una stuoia odorosa di muffa.

La ex stalla, difatti, ha due pareti su quattro a nido d'ape, dove l'umidità (il cui tasso è circa il 90% ad Auroville) ha ampiamente modo di farla da padrona, intridendo materassi, lenzuola e vestiti che devono essere messi al sicuro in una vecchia cassettiera ed ammuffiscono anche lì.

Siddharta, tuttavia, non può certo preoccuparsi, ora, della stuoia poco invitante e la stessa Orla è già abbastanza alleprata.

I suoi capezzoli sono già due piccoli missili puntati contro il soffitto.

Siddharta, in barba allo smembramento del macrantropo originario della cosmogonia vedica, inizia il suo massaggio dai piedi.

Orla dà subito segni di arrapamento ed inizia a fremere mentre Siddharta continua, noncurante, a massaggiare.

In realtà soffre di un certo blocco il nostro, massaggia perché non sa bene cos'altro fare.

Per fortuna non manca di intraprendenza il folletto irlandese e decide di dialogicizzare il bagnato delle sue mutandine: «sai?...niente!».

«Cosa c'è?», chiede Siddharta accogliente e amorevole, avendo almeno la prontezza di capire subito l'antifona.

«Niente, è che...», Orla finge di non trovare le parole, «ecco, insomma, sonofisicamenteattrattadate!».

«Bene» risponde Siddharta (che avrebbe dovuto piazzarle una mano tra le cosce già da dieci minuti ma ancora non se la pianta di gingillarsi con pseudo-intellettualismi pseudo-nuova era) «mi fa piacere, anch'io sono attratto fisicamente da te» (bugia!!! È solo che è troppo tempo che si fa venire espliciti calli sulle mani).

«Bene», risponde Orla, confusa di vivere anche in questo caso. Il suo "bene" starebbe infatti per: «e ora cosa facciamo?».

Fortunatamente a Siddharta è rimasto uno straccio di mascolinità e, seppur poco convinto, si avventa sulla bocca di Orla che tradisce subito un odore di cipolla.

Iniziano a baciarsi in profondità.

Siddharta ha modo di solleticare a lungo i capezzoli rosa-turgido che rischiano di esplodergli in faccia.

Si spostano ragionevolmente sul letto e Siddharta si impegna a sfilare da Orla le inopportune mutandine.

Lei è particolarmente pelosa in basso. Ha una pelosità che dà vagamente sul setoloso.

Anche Siddharta con gesto un po' goffo, riconducibile ad alcuni stereotipi che colpiscono soprattutto i ragionieri, si leva le mutande.

I due si strusciano nel letto, si toccano per bene e Siddharta, ovvia conclusione, non può che tentare uno sfondamento intrasetolare.

Orla lo ferma e lui temeva questo. Richiede il *condom*.

Siddharta è deluso.

Non riesce a rassegnarsi all'idea di utilizzare un pezzo di gomma, lui abituato a penetrare in Camelia come in un sacrario senza pompa. No.

Tenta di convincere Orla dell'inutilità del *condom* ma lei è irremovibile e a lui, senza troppi temporeggiamenti, si ammoscia.

Inizia dunque a prendere tempo il nostro: «ma sì, nessuno ci corre dietro. Rilassiamoci, useremo il *condom* quando sarà, ora parliamo un po' di noi (ancora l'intimismo pseudo-nuova era)».

Siddharta alimenta la confusione di vivere di Orla con svariati aneddoti della sua vita.

Parte praticamente dal principio, dai suoi primi ricordi, dai pomeriggi passati dai nonni.

Orla lo guarda con i suoi occhi grandi e penetranti e si fa prendere dalle elucubrazioni di Siddharta (che a quest'ora avrebbe già dovuto lesionare il *condom* e invece parla, parla, parla).

Si avvicina la sera.

Il nostro deve necessariamente porre freno alla sua logorrea (è comunque quasi arrivato ai giorni correnti, ha abbondantemente elucubrato su Camelia e sul loro rapporto che era come un giardino dell'Eden con un baratro spaventoso latente ad ogni angolo). Ha un appuntamento con alcuni amici italiani.

C'è una partenza di mezzo, non può mancare.

«È questione di un paio di ore», dice ad Orla cui, nel frattempo, sono del tutto rientrati i capezzoli, «se vuoi possiamo passare la notte insieme» (e usare il *condom*, sottinteso).

«Va bene», risponde Orla, «io ho dei giri da fare, ci vediamo di fronte a *Town Hall* alle 10.30».

Siddharta raggiunge gli amici italiani in pizzeria e si gode pizza e serata. Arriva poi, puntuale, a *Town Hall*.

Orla è lì che lo aspetta con la sua gonna a grandi scacchi colorati.

Lui le fa cenno di montare sulla moto ma lei gli deve parlare. Gli dice che non se la sente, questa sera, per tante ragioni.

Lui non si lascia troppo scuotere dallo sfumare di una notte di sesso selvaggio. La saluta sempre tenero e accogliente e se ne torna, di filato, in *guest-house*. Lì recita, con se stesso, la parte del distaccato. Si dice, nel pieno dominio delle sue facoltà mentali: «sono problemi suoi, non posso perdermi dietro alle astruserie della gente. È del tutto incasinata questa ragazza!».

Si gode le stelle grandi come monetine nel cielo preservato dall'invadenza della luce elettrica.

Siede su una banalissima sedia di plastica. Alza la natica destra e lascia andare un po' di aria da abuso di cavolfiori a pranzo, nel suo provvisorio giardino dell'Eden.

Non avendo molto altro da fare decide di concedersi un po' ai ricordi

Dopo un fisiologico sfarfallare, la sua mente seleziona ricordi di Camelia anche perché è stata abbondantemente evocata con Orla.

Siddharta si sofferma, con uno sfumato struggimento, ad evocare quando si ritrovarono, alcuni giorni, a Christiania, la più grande comune urbana d'Europa, alla periferia di Copenaghen.

Era un momento particolarmente difficile del loro rapporto.

Lei era fuggita in Svezia a trovare alcuni vecchi amici e lui era rimasto nella mansarda a tracannare vino di visciole, lambiccandosi il cervello su come rimediare. Come al solito era preso nella morsa di una possessività non sempre giustificata e allora la ricontattò.

Camelia gli rispose che aveva bisogno di un po' di aria del nord per una decina di giorni e lui non riusciva ad immaginarsi da solo, nella mansarda, a tracannare vino di visciole per tutto quel tempo. Le chiese dunque di giungere ad un compromesso. Lei aveva una gran voglia di rivedere un vecchio amico a Christiania e Siddharta, che da sempre aveva un debole per la *Free Town*, decise di muovere i suoi passi nella stessa direzione.

I patti con Camelia furono abbastanza chiari; i tetti dovevano essere diversi.

Lui contattò una conoscenza di un passato giro libertario quasi rinnegato.

Mirco si chiamava il suo amico anarchico e gli anarchici, notoriamente, hanno una loro affidabilità quando si ha bisogno di un tetto, pur spartano e di un bicchiere di vino dozzinale.

Siddharta comprò dunque un biglietto *Ryan Air* su *Internet*. Volò prima su Londra Stanstead, aspettò le sue buone dodici ore in aeroporto e poi volò su Malmö.

Lì c'era un pulmann ad attenderlo, appena fuori l'aeroporto, con destinazione Copenaghen.

Erano i primi di giugno e Copenaghen non era ancora pronta ad accogliere l'estate. Siddharta finì a casa di un pittore di origine nobile, amico di Mirco, nella parte migliore di Christiania.

La casa dava sul fiume dove parecchie anatre, la sera, svolazzavano e a volte quasi surfavano con le zampe palmate sulle acque .

Un cigno si aggirava incazzoso e, sull'altra riva, casette di legno, un po' distanziate, spezzavano con la vegetazione palustre e gli alberi striminziti dal freddo, vibrando di un asciutto romanticismo.

La sera, la pace avvolgeva quell'angolo di Christiania. Il pittore, Ulrich, si era presto congedato da Siddharta, lasciandogli poche istruzioni ed indicandogli un buco dove riporre la chiave.

Ulrich era un inguaribile narcisista, appassionato di riprese e filmini fai da te e a notte fonda, dopo che con Siddharta avevano fumato uno spinello panciuto, tirò fuori un suo capolavoro segreto.

Narcisus lo aveva intitolato e non era altro che una lunga serie di riprese del suo pene nel cavo stantuffante della mano.

Si era masturbato lungamente davanti alla telecamera Narcisus, sulla riva di un fiume placido, tra una vegetazione rigogliosa e Siddharta si aspettava che eiaculasse diritto sull'obiettivo ma forse sarebbe stato troppo scontato e Narcisus eiaculò senza altre pretese.

Camelia, nel frattempo, se ne stava in una soffitta maleodorante stipata di ogni cianfrusaglia.

Il suo amico puzzava di macrobiotica morbosa, organizzava

eventi di dubbio carattere spirituale, mischiando tradizioni disparate ed era costantemente accompagnato da un vecchio cane reumatico.

Fecero vite sostanzialmente separate a Christiania. Provarono a condividere un *week end* fuori Copenaghen ma "la ciambella non riuscì con il buco".

Tornarono a Christiania con treni diversi.

Quando rientrò Siddharta era appena montata la guerriglia urbana nei viali della vecchia area militare.

Volavano sassi poderosi ed urla gutturali uscivano da un'umanità semi-sotterranea, i volti ispidi ed ingialliti da troppi pomeriggi trascorsi sotto a un sole malato, a bere e fumare nell'andirivieni di cani, barboni e gente scalcagnata.

Siddharta, nuovamente solo, finì a passare le serate stravaccato su un tavolaccio nella verandina in legno della casa, lo sguardo perso sul fiume e sulle luci aranciate del *cottage* povero sull'altra riva.

Quelle luci si imponevano nel buio con meritoria discrezione. Gli facevano pensare a interni di legno caldo, a cene intime e disperate.

Arrivava la eco di qualche *djambé* e lui lasciava che il frusciare delle foglie al vento si facesse largo nel suo animo, pervadendolo di calma suggestione.

Si fumava uno spinello rollato alla perfezione e sorseggiava un bicchiere di vino gran riserva della nutrita cantina di Ulrich, prima di coricarsi tra lenzuola punteggiate di colore.

Durante il giorno, lavorava e beveva latte molto grasso e si era appassionato al pane di segale che si condiva con burro e grandi aringhe marinate.

Nel pomeriggio, andava con l'asciugamano in spalla alla sauna comunitaria, passando tra il vociare di bambini insolitamente vitali e magri figuri tatuati o vichinghi in bicicletta.

Nella sauna, si spargeva argilla sul corpo.

L'argilla si scioglieva quasi subito, ricoprendolo di una chiara patina grigia e, attorno a lui, corpi rosati si allungavano sulle panche o sul pavimento, madidi, a volte coinvolti in un massaggio e cosparsi della stessa patina.

Nell'area antistante alla sauna, era un andirivieni di altri corpi nudi, dentro e fuori dalle docce e da una vasca di acqua gelida.

L'aria era intrisa dell'inconfondibile odore di canapa e carica di musica *pop* degli anni '80.

Quando usciva in strada, disteso e docciato, poteva arrivargli un pallone vicino ai piedi. Allora si lasciava coinvolgere in un gioco di passaggi con ragazzi o anziani pittori, spesso con un cappello di feltro da cui poteva sbucare una piccola coda di cavallo brizzolata.

In quei momenti, Christiana poteva essere il paradiso di un fumetto di Andrea Pazienza. Ogni tanto passavano poliziotti confabulanti, sostanzialmente innocui, in rapporto di civile ostilità con i cristianiti.

Un pomeriggio sentì bussare alla porta.

Era Camelia. Era venuta a salutarlo, stava partendo per un luogo imprecisato in Danimarca.

Si abbracciarono dopo essersi penetrati a lungo negli occhi, cercandosi senza trovarsi. Si sarebbero riappacificati nella mansarda, un paio di settimane dopo...ed ora è di nuovo in un quasi autentico giardino dell'Eden, Siddharta, seduto in silenzio, sotto un cielo *tamil*.

Con tutta la buona volontà non riesce a non rammaricarsi a rivedere Orla di spalle, allontanarsi sculettando appena nella gonna a scacchi colorati, nella luce soffusa fuori *Town Hall*.

L'esistenza, tuttavia, vorrà dare ancora un'opportunità a Siddharta ed Orla, l'ultima.

Siddharta e Orla passano la notte insieme

L'indomani Siddharta è inquieto. Passeggia scalzo nei viali nella foresta poco distanti dalla sua *guest-house.*

Orla non scoordina la sua emotività e nemmeno la sua sessualità ma è un tenero folletto e lui vorrebbe riuscire ad incoraggiare un rapporto pur tiepido tra di loro.

Si arrovella durante il giorno. « È matta come un cavallo», pensa tra sé, «non devo avere grandi aspettative ma posso provare a ri-agganciarla».

La sera vaga in motocicletta disperando di incontrarla. Decide di capitare del tutto casualmente a *Town Hall*[4], un posto dove Orla ama spesso trattenersi. Giunto a destinazione si sente chiamare dall'alto. Riconosce la voce, è la sua. Lui riesce a recitare quasi alla perfezione la parte di colui che trasecola: «Orla, cosa fai lì?! Che sorpresa, non avrei mai pensato di incontrarti oggi». La raggiunge sulla terrazza dell'edificio, con vista sul Matrimandir.

Si salutano affettuosamente.

Lei gli fa cenno di sedersi in terra e gli fa notare che il pavimento, esposto al sole tropicale tutto il giorno, ha un piacevole calore.

«Bisogna tenere il segreto di quanto si sta bene qui», si premura di dire Orla, «non voglio che ci venga nessun altro!».

Siddharta le promette che dalle sue labbra non sarebbe uscita una parola al riguardo.

Siedono con i culetti caldi caldi e già questo induce in Siddharta un profondo rilassamento, un trasognato fatalismo.

Orla sta facendo un corso di canto in questi giorni.

Auroville, del resto, è prodiga di corsi di ogni genere.

Se ne sta dunque appollaita lassù con un piccolo registratore tascabile per farsi qualche sana cantata.

Vuol far cantare anche Siddharta che, naturalmente, si schermisce.

Inizia banalmente a dire: «non è il caso, sono stonato» ma il folletto insiste e lui decide di cogliere l'occasione per lasciare andare qualcuna delle sue inibizioni.

Dopo che Orla si fa una sentita cantata in gaelico non si può proprio tirare indietro.

Il folletto gli mette il registratore vicino alla bocca e lui, ormai alle strette, rispolvera un vecchio pezzo di Fabrizio de André: *Sally*.

Orla lo guarda con i suoi occhi penetranti, celesti sfumati di verde, per tutto il tempo della sua *performance*.

Mentre canta, Siddharta tiene gli occhi fissi sul tempio aurovilliano, cercando quasi una latitante ispirazione. Alla fine guarda Orla in maniera interrogativa.

Lei lo tranquillizza subito: «sei bravissimo, canti davvero bene», lasciando spazio ad una positività calda ma un po' "plasticosa", frutto di un temperamento cronicamente eccitato, tipicamente nuova era.

Siddharta è divertito.

In effetti stanno passando una serata originale.

È un buon modo di ritrovarsi ed una certa sintonia si sta nuovamente creando tra di loro.

La notte ingloba Auroville e l'emisfero orientale e due sballati su una terrazza calda, con vista sul dorato cuore comunitario.

Decidono di scendere.

Mentre passeggiano tra l'erba un po' alta che lambisce loro le caviglie, Orla si avvicina a Siddharta, gli passa un braccio attorno ai fianchi.

«Voglio dormire con te stanotte», gli dice senza troppi convenevoli.

«Va bene», risponde Siddharta.

Arrivano in *guest-house* e nella stanza dove saltellano le rane.

Orla ha fame.

Siddharta si mette ai fornelli della cucina comune ed improvvisa una pasta "aglio, olio e peperoncino".

Orla si dice onorata di mangiare la pastasciutta cucinata da un italiano.

Siddharta si scusa per la spartanità di tutto: la pasta, i piatti, la cucina.

Orla lo tranquillizza con una scioltezza tipicamente nordeuropea e si congeda per una rapida doccia. Si presenta poi nella stanza delle ranocchie che saltano con la gonna a scacchi colorati tirata su fino al seno. Sotto è completamente nuda e la gonne le copre il busto, il pube e la parte alta della gambe. Prende il piccolo registratore su cui avevano registrato le loro voci e lo mette vicino al letto. Prende dalla borsa una cassetta di musica irlandese, la infila nel registratore e lascia che ne fuoriescano una musica ed una voce necessariamente penalizzate dalla limitatezza del mezzo. Siddharta si spoglia e resta in mutande. Pensa a quanto una situazione del genere sia chiaramente in bilico tra il patetico, lo struggente ed alcune eco lontane di anticonformismo e libertà. Pensa a quanta solitudine possa affiorare in un momento come questo.

Si guardano con Orla e vorrebbero sorridere.

Siddharta, quasi per semplificare, cammina placido, in mutande, alla volta dell'interruttore. Spenge la luce.

Si ritrovano nel letto. Si abbracciano.

Orla ha bisogno solo di calore ed anche Siddharta tralascia altre pretese.

Solo calore, lì, nella foresta e nella stanza dove saltellano le rane, lontanissimi da casa, da una qualunque casa e da una vita normale.

Abbracciati in un letto puzzolente di muffa, al gracchiare maldestro di un registratore tascabile, insieme eppure così drammaticamente soli.

Si addormentano dopo appena qualche bacio e nel cuore della notte Orla urla e un po' sussulta nel letto.

Siddharta si sveglia, l'abbraccia, la tranquillizza, la carezza: «non ti preoccupare, non è nulla, mi prendo cura di te, dormi, dormi Orla!».

L'indomani fanno colazione insieme in un punto-ristoro della comunità. Si raccontano spezzoni di vita e lasciano poi che le rispettive solitudini li riavvolgano nei loro bozzoli.

Orla conosce poco dopo un ragazzo austriaco e decide di innamorarsi a tutti i costi di lui.

Siddharta gode ancora qualche giorno delle stelle grandi come monetine poi il richiamo della valigia capiente, comprata apposta per i suoi continui spostamenti, non tollera di essere prorogato ancora.

L'urgenza di cambiare contesti e volti e interazioni si fa nuovamente pressante, nella sua sostanziale inconsistenza ed inutilità.

Siddharta dunque parte, ancora una volta — in fondo sempre più disilluso di approdare, finalmente, in un suo giardino dell'Eden — una mattina...

[1] Mendicanti
[2] Ad Auroville non è possibile avere delle attività in proprio. Ogni aurovilliano che voglia lavorare, lavora per la città in quanto "volontario servitore della coscienza divina". Per questo riceve un micro-salario, la cosiddetta *maintenance* che, al momento, ammonta mediamente a circa 100 euro. A fronte di una *maintenance* così bassa, gli aurovilliani possono usufruire di diversi servizi gratuiti che, tuttavia, non colmano, a mio parere, la lacuna finanziaria.
[3] La mensa comunitaria di Auroville.
[4] È il centro direzionale di Auroville, in un edificio con vista sul Matrimandir, il tempio della madre, cuore spirituale della comunità

Sommario

Finito di stampare nel mese di maggio presso Plan.Ed